LES VILLES ET L'EAU POTABLE

L'Eau pure
à Chartres

DESCRIPTION DE L'USINE
DE CLARIFICATION & DE STÉRILISATION
DES EAUX DE CHARTRES

PAR

CAMILLE DESGORCES, I, O
Directeur des Travaux
et du Service des Eaux de la Ville

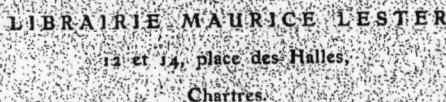

LIBRAIRIE MAURICE LESTER
12 et 14, place des Halles,
Chartres.

L'EAU PURE

$=$ A CHARTRES $=$

VILLE DE CHARTRES

❧ ❧

Usine de Clarification & de Stérilisation des Eaux par l'Ozone.

❧

Production : 6 000 mètres cubes par jour. — Mise en service le 16 Mai 1908.

❧

Monsieur G. FESSARD, Sénateur d'Eure-et-Loir,
étant Maire de Chartres.

Messieurs DELACROIX, I. P. ❶, et HUBERT,
Adjoints.

Messieurs GILBERT, ❶, Dʳ MAUNOURY, ✻, ❶,
DEBARGUE, BOUTHEMARD,
FRESNEAU, LAVO, LORIN, Dʳ ALLEAUME,
Conseillers municipaux,
Membres de la Commission des eaux.

Messieurs LAVO, FRESNEAU et Dʳ MAUNOURY, ✻, ❶,
Rapporteurs.

Messieurs BLONDEL, ÉGASSE, ✻, C. ⚙,
DEZARNAUD, COUDRAY, SEIGNÉ, TORCHEUX,
ROYNEAU, ⚙, PAULIN, VIDON,
POLTON, ROUSSILLE, ✻, GUILLAUMIN, THOMAS,
GANOT, DELAUNAY, Ⓐ, LECONTE,
Membres du Conseil municipal.

Entrepreneurs : Messieurs FLICOTEAUX, ❶, BORNE, ✻, et BOUTET,
83, rue du Bac, Paris,
pour les clarificateurs, les canalisations et le ciment armé.

La Compagnie générale de l'Ozone, 11 bis, boulevard Haussmann, Paris,
exploitant les brevets OTTO, ✻, MARMIER et ABRAHAM,
pour la stérilisation par l'Ozone.

Monsieur C. DESGORCES, I. P. ❶, Directeur des Travaux de la Ville,
Auteur du projet, et du système de clarification,
Directeur des Travaux.

LES VILLES ET L'EAU POTABLE

L'EAU PURE

A CHARTRES

DESCRIPTION DE L'USINE
DE CLARIFICATION ET DE STÉRILISATION
DES EAUX DE CHARTRES

PAR

CAMILLE DESGORCES, I.

Directeur des Travaux
et du Service des Eaux de la Ville.

LIBRAIRIE MAURICE LESTER

12 ET 14, PLACE DES HALLES, CHARTRES

M D C C C C I X

TABLE DES MATIÈRES

a

IV

Description des usines de Chartres.

V

Résultats.

INTRODUCTION

ALIMENTATION DES VILLES
EN EAU POTABLE

Considérations générales.

1. — L'eau est indispensable à l'entretien de l'organisme humain.

C'est un aliment naturel liquide, comme l'oxygène de l'air que chacun respire est un aliment gazeux.

La pureté de l'eau, comme la pureté de l'air, constitue la base de l'hygiène et de la santé.

« L'organisme humain renferme en moyenne 650 grammes d'eau par kilogramme de poids vif, les muscles en contiennent 76 pour 100 : le sang, 79 pour 100 ; la lymphe, 96 pour 100.

« Un adulte normal en période de repos ou de travail en élimine de 2 à 3 litres par jour, qu'il lui faut absolument remplacer ; car si la proportion vient à baisser au delà de certaines limites, il se produit des troubles plus ou moins graves, pouvant entraîner la mort. Les aliments de toutes sortes lui en apportent une notable quantité ; cependant c'est à l'eau de boisson qu'il doit en demander la plus grande partie. Mais pour que cette eau remplisse le rôle d'aliment essentiel, il est nécessaire qu'elle soit potable. » (Jolibois, décembre 1906.)

La toilette de notre corps, la préparation de nos aliments et de nos boissons deviendraient impossibles sans l'eau.

C'est l'agent le plus actif de la désorganisation des substances albuminoïdes que nous absorbons chaque jour, c'est par conséquent un facteur indispensable aux différents actes de notre nutrition.

Pour ces raisons, nous éprouvons le besoin d'absorber de l'eau souvent en grandes quantités, et sous des formes diverses ; il est donc de toute importance de ne faire usage que d'une eau présentant toutes les garanties voulues de pureté.

« Lorsqu'on envisage les chiffres globaux de la mortalité, l'influence de la pureté de l'eau est saisissante et incontestable. Lorsqu'on étudie une épidémie d'origine hydrique, on constate généralement que l'eau servant à l'alimentation est contaminée. Il est incontestable que l'eau servant à une agglomération éprouvée par une mortalité élevée ou par des épidémies fréquentes est souvent souillée, et que cette contamination peut être démontrée par une enquête judicieuse sur place, ainsi que par l'examen chimique et bactériologique.

« L'hygiéniste ne devra donc jamais oublier que, au point de vue de la santé publique le choix de l'eau potable doit être basé sur la pureté constante de cette eau, bien plus que sur la proportion plus ou moins grande de sels minéraux qu'elle renferme. » (Ogier et Bonjean.)

L'alimentation en eau potable d'une agglomération doit être la principale préoccupation des administrateurs.

C'est plus qu'un devoir pour les collectivités et les individus de prendre les mesures les plus rigoureuses pour empêcher la propagation des maladies contagieuses, c'est une obligation sociale.

Les eaux nécessaires à l'alimentation des agglomérations sont, autant que possible, et par raison d'économie prises à des points peu éloignés de l'agglomération à desservir.

Quelquefois, cependant, des eaux réputées pures sont captées loin du lieu de consommation, et y sont amenées à grands frais.

Ces eaux d'alimentation sont toujours, soit d'origine souterraine (eaux de sources ou de puits), soit d'origine superficielle (fleuves ou rivières).

Mais quelle que soit leur origine, elles sont dans la plupart des cas exposées à bien des contaminations.

Eaux souterraines.

2. — L'eau de source, jaillissante et claire, dont à première vue on ne saurait suspecter la pureté, est parfois la plus contaminée.

La plupart des eaux de sources ne sont réellement et à proprement parler que des résurgences de cours d'eau ayant circulé dans des sols fissurés et peu filtrants.

L'examen de la carte des bassins de l'Avre et de la Vigne démontre l'exactitude de ce dire.

L'Avre après avoir pris naissance dans la forêt de La Trappe, redescend vers Verneuil recevant sur sa rive droite le débit de six ruisseaux.

Avant d'arriver à Verneuil, l'Avre et ses affluents ont vu une partie de leur débit engouffré par sept bétoires pour réapparaître à fleur du sol quelques centaines de mètres plus loin.

Les ruisseaux et vallées, dont la réunion forme la Vigne, sont soumis aux mêmes conditions.

« Tout le monde, exception faite de quelques intéressés, sait aujourd'hui qu'il est impossible de préserver les sources de toute contamination, que leur périmètre d'alimentation est trop étendu, même trop incertain, pour pouvoir être, sinon utilement, du moins efficacement surveillé. » (Jolibois.)

Un terrain est-il habité par quelque typhique ? ses déjections pourront contaminer les sources que ce terrain alimente. Les fumiers eux-mêmes, employés comme engrais, peuvent être le véhicule des bacilles d'Éberth et leur servir d'intermédiaire, pour descendre jusqu'à la nappe souterraine qui alimente la source si pure en apparence.

En fixant loin de l'agglomération le point où doivent être prises les eaux utiles, on cherche à éviter les chances de contamination des sources.

« Mais les infiltrations capables de contaminer les sources peuvent venir de beaucoup plus loin. » (Courmont, de la Faculté des sciences de Lyon.)

Indépendamment des infiltrations qui peuvent rendre les sources dangereuses, il doit aussi être tenu grand compte des variations de débit, auxquelles celles-ci sont assujetties pendant les différents mois de l'année.

Ces variations de débit sont souvent la cause de graves mécomptes.

C'est aux mois d'août et de septembre que le débit des sources est le plus réduit et ces mois sont précisément ceux pendant lesquels les besoins d'eau se font le plus sentir.

« Pour les eaux de l'Avre, on voit pendant ces mois le débit de 110000 mètres cubes, tomber à 50000. » (*Rapport* JOLIBOIS *au Conseil municipal de Paris, le 18 décembre 1906.*)

Il faut ajouter que ces eaux captées à grands frais par la Ville de Paris ne présentent pas toutes les garanties que l'on doit exiger dans l'intérêt de la santé publique.

Dès 1896, le Pr Seplœsing, chimiste des plus distingués, membre de l'Institut, disait :

« A peine les eaux de l'Avre sur lesquelles on avait tant compté, pour assurer aux Parisiens la provision quotidienne d'eau pure, saine, et exempte de microbes, sont-elles captées et amenées à Paris, qu'on se demande si elles présentent toutes les garanties nécessaires au point de vue de l'hygiène ; tant de millions n'auraient-ils donc été dépensés, que pour doter notre ville d'une eau un peu plus claire sans doute que l'eau de Seine, mais non moins suspecte. »

A Paris, comme partout, on voit quelles sont les difficultés pour trouver des eaux de source suffisamment pures et d'un débit régulier.

En 1895, M. Ambroise Rendu, au nom de la 6ᵉ commission du Conseil municipal de Paris, et au sujet de dépenses engagées pour l'amenée d'eau de source, disait : que ces dépenses se justifieraient, si l'eau potable fournie à Paris était irréprochable.

« Il faut malheureusement reconnaître aujourd'hui que tel n'est pas le cas. »

En 1904, les ingénieurs réunis en congrès à Saint-Louis disaient en parlant de la distribution des eaux de source à Paris : « Mais à la longue, la pureté des eaux fut mise en doute. » Les hydrauliciens et hygiénistes étrangers à la France ne partageaient pas la confiance illimitée de leurs collègues de Paris, l'origine de la plupart des eaux les leur rendait suspectes.

Il fut notoirement prédit et démontré, à la Société de géologie de Bruxelles, que la réalisation du plan de la dérivation de l'Avre constituait un danger permanent.

Toutes ces critiques adressées aux eaux de source pourraient paraître peu fondées, ou tout au moins exagérées. Mais l'avertissement qui plusieurs fois par an est donné aux consommateurs parisiens de faire bouillir leur eau (c'est-à-dire de la stériliser) vient officiellement démontrer que les critiques adressées aux eaux de sources, si belles et si pures en apparence, sont des plus justes et entièrement fondées ; et que s'il est permis de demander aux sources une eau claire et limpide, on ne peut pas en attendre la qualité principale que l'on exige d'une eau, la pureté.

Eaux superficielles.

3. — Le plus souvent, c'est non pas à la nappe souterraine, mais aux fleuves et aux rivières que les agglomérations sont obligées de demander les eaux qui leur sont nécessaires.

Les rivières et les fleuves ont pour origine une source, et ils reçoivent toujours sur leur parcours les eaux pluviales qui, après avoir circulé sur les terrains et les chemins qu'elles ont lavés, viennent se déverser dans leurs lits, entraînant avec elles les impuretés recueillies sur leur parcours.

Ces fleuves et rivières sont donc à la merci de toutes les contaminations.

Dans la traversée des agglomérations, ils en reçoivent les eaux résiduaires, ainsi que les eaux usées des différentes industries établies sur leurs rives.

Ces eaux sont donc souvent souillées au point d'être complètement impropres à la consommation.

A la sortie des agglomérations, elles reprennent, dans une certaine mesure, un peu de leur pureté primitive, grâce à l'auto-purification qui s'accomplit sous l'influence du soleil et de l'air, ces microbicides puissants. Mais cette auto-purification, toujours insuffisante d'ailleurs, est plus apparente que réelle, car à peine l'eau de rivière est-elle améliorée après un certain parcours, qu'elle doit traverser une autre cité où elle reçoit de nouveaux éléments de contamination.

On trouvait autrefois qu'il fallait alimenter les villes

en eau de rivière puisée en amont, parce qu'elles étaient plus aérées que les eaux de sources, ayant été soumises à l'action bienfaisante de la lumière.

A juste titre les eaux superficielles n'ont jamais joui de la faveur accordée aux eaux de sources. Elles sont partout considérées comme suspectes, et ce n'est qu'avec réserve et circonspection qu'on les introduit dans la consommation.

État de la question.

4. — Les progrès réalisés, et les récentes découvertes de la science bactériologique, ont démontré que la plus grande partie des eaux de source ou de rivière qui alimentent les villes ne présentent pas les garanties de pureté nécessaires.

Ces découvertes ont eu pour conséquence première, de provoquer de nombreux décrets, ordonnances et circulaires, émanant de l'autorité supérieure, et ayant pour but d'appeler l'attention des administrateurs sur les questions d'hygiène ; ils indiquent les précautions à prendre dans les cas d'alimentation en eau.

Par sa circulaire du 10 décembre 1900 le Ministre de l'Intérieur prescrivait qu'une complète enquête scientifique devait désormais présider à l'exécution de tous travaux pour captation d'eau.

Peu après, le 19 février 1902, M. le Président de la République promulguait une loi applicable à partir du 19 février 1903.

Cette loi prescrivait la protection des captages d'eau, et interdisait la contamination des eaux d'alimentation.

« Aujourd'hui, grâce à ces mesures, grâce aussi au concours de municipalités intelligentes, pénétrées de la mission sociale qu'elles ont à remplir, et soucieuses avant tout du bien-être de leurs administrés, le grand problème des eaux potables est en voie d'être résolu ; et si déjà, dans toutes les agglomérations cette solution entraîne à de très fortes dépenses, il faut bien constater en revanche, et avec joie, qu'elle a un effet autrement important et appréciable, dans la sauvegarde de la vie humaine, et l'abaissement considérable de la mortalité. » (MARCHA-DIER).

I

LA QUESTION DES EAUX A CHARTRES

Jadis.

5. — La recherche des moyens propres à assurer aux villes la distribution d'une eau offrant les meilleures garanties de potabilité n'a pas échappé aux administrateurs de la cité chartraine.

Il nous paraît utile, remontant dans le passé, de rechercher les différentes études faites dans ce but et les travaux exécutés.

Cette partie ne saurait être mieux traitée qu'elle l'a été par M. Henri Bourgeois, conseiller général, ancien adjoint au maire de Chartres, dans une très consciencieuse étude publiée en 1889.

M. Bourgeois a bien voulu nous autoriser à extraire de son ouvrage la partie s'appliquant au service des eaux à Chartres depuis les temps les plus reculés jusqu'à la mise en service le 1er juillet 1875 de l'usine élévatoire établie rue des Perriers.

L'eau. — Il est intéressant de suivre dans notre histoire locale les efforts faits pour donner à Chartres l'eau potable nécessaire à son alimentation.

Les Romains, qui ne reculaient jamais devant aucune difficulté, aucun obstacle, aucun sacrifice pour se procurer de l'eau en abondance, nous ont laissé des ouvrages qui témoignent que sous leur domination notre cité fut largement alimentée avec des eaux de source, probablement celle de la fontaine d'Houdouenne.

Dans quel siècle ces ouvrages furent-ils abandonnés, en partie détruits, et pour quelles causes? Nous n'en avons trouvé trace nulle part. Peut-être n'avons-nous pas poursuivi assez loin nos recherches.

Pourquoi, comme en beaucoup de villes en France et à une époque où cela était encore possible, n'a-t-on pas restauré ces dérivations romaines? Notre ville n'eût pas été, durant tant de siècles, réduite à s'alimenter au moyen des eaux plus ou moins malsaines des puits et des citernes, et exposée à ces terribles maladies épidémiques qui, dans le passé, firent tant de victimes dans les agglomérations urbaines!

Ces regrets exprimés, et sans remonter dans la nuit des temps, nous examinerons, aussi brièvement que possible, les tentatives faites dans la voie des améliorations, par nos édiles, depuis un peu plus d'un siècle.

*
* *

Avant l'année 1845, époque où fut inaugurée la première distribution d'eau, les habitants de notre ville haute n'avaient à leur disposition que les eaux provenant des puits publics ou privés, les eaux de pluie qu'ils recueillaient dans les citernes et celles des fontaines de Saint-André et Luisant que leur vendait parcimonieusement la corporation des éviers.

Les habitants adressaient chaque jour leurs doléances aux officiers municipaux pour obtenir « la jouissance facile d'une abondante quantité d'eau salubre ».

Ce fut seulement en 1777 qu'une première tentative fut faite pour donner satisfaction à la population.

Le 2 décembre de cette année, le maire, M. le marquis des Ligneris, expose à l'assemblée générale du Corps municipal « que depuis longtemps on se plaint de l'insalubrité des eaux que l'on boit en cette ville, que peut-être serait-il possible d'y remédier en faisant venir à Chartres les eaux de la fontaine de Luisant ou celles de la fontaine de Beaurepaire, située dans les Grands-Prés ».

De nombreux projets, une foule de mémoires furent produits ; on fit l'analyse des eaux de la rivière, des fontaines du Vivier et du Bassin à Luisant, de la fontaine Saint-André, de la *Source minérale des Petits-Prés,* de la fontaine de Beaurepaire. L'eau de la rivière fut reconnue la meilleure.

Dans le même temps, le 20 avril 1778, l'évêque de Chartres annonçait aux officiers municipaux qu'une personne inconnue lui avait fait don d'une somme de 9 801 livres pour remettre à la Ville, « afin que cette somme servît à conduire dans la ville les eaux de la fontaine de Luisant que l'on regarde comme plus salutaires que celles de la fontaine Saint-André ».

Enfin, le 16 décembre suivant, les officiers municipaux chargèrent le sieur Loriot, de Paris, d'étudier le projet de conduire dans la ville les eaux de la fontaine de Luisant.

Cet ingénieur fit un voyage à Chartres ; on lui compta 20 louis pour son déplacement et, « il fut si content » dit une note du temps « qu'il promit de lui-même et pour sa satisfaction personnelle, de faire un modèle en petit de la machine hydraulique qu'il avait imaginée ».

Le projet Loriot, pas plus que la description de sa machine n'existent dans nos archives. Nous n'avons trouvé qu'une simple note indiquant la remise d'un devis, le 10 mai 1782, chiffrant la dépense à 26775 livres.

Le sieur Loriot mourut en cette année 1782.

Ainsi fut enterré ce premier projet d'amélioration.

*
* *

Quelques mois après la mort de Loriot, le 25 janvier 1783, le supplément des *Affiches chartraines* contenait la description d'un nouveau projet, sans nom d'auteur.

Ce projet consistait à établir une machine hydraulique sur la rivière, près des Trois-Ponts-Saint-Martin, en un point où il y avait concession de moulin.

De Luisant, l'eau des fontaines devait se rendre aux Trois-Ponts-Saint-Martin par une pente naturelle au moyen d'une simple rigole. « Les frais de cette rigole, dit l'auteur, seront toujours moindres que ceux de l'achat et du posage des tuyaux de fer ; mais toutes choses égales d'ailleurs, on doit toujours préférer les rigoles, parce que les eaux en passant par des canaux de fer, s'y *minéralisent* un peu, au lieu qu'étant exposées à l'air et en roulant dans les rigoles sur un sable bien net, elles ne peuvent que se purifier. »

La roue hydraulique devait actionner directement deux corps de pompe puisant alternativement l'eau dans un puisard recevant les eaux de Luisant et dans un autre alimenté par la rivière, pour refouler dans deux réservoirs à édifier sur le cavalier de la porte Saint-Michel, à raison de 84 poinçons à l'heure, moitié de fontaine et moitié de rivière.

L'auteur du projet voulait que sa machine marchât continuellement, « sauf à pratiquer un écoulement pour l'excédent à une certaine hauteur dans chaque réservoir. Je n'y voudrais pas non plus, ajoute-t-il, d'autre garde que le fontainier de la Ville, dont l'emploi se réduirait à y veiller de temps en temps, et à fournir l'eau aux fontaines publiques, ainsi qu'aux concessionnaires, ou encore dans un événement d'incendie, à la porter toute dans le quartier affligé. »

Le projet est muet en ce qui concerne la distribution des eaux à partir des réservoirs du cavalier de la porte Saint-Michel.

* *

Pendant plus de trente années, cette question de l'amenée de l'eau dans la haute ville fut abandonnée.

Ce ne fut qu'en 1815 que la question des eaux revint sur le tapis municipal.

Le 7 décembre de cette année, le sieur Petey, plom-
bier-mécanicien à Chartres, propose l'établissement d'une
pompe à la fontaine Saint-André. Cette pompe, mue par
un manège actionné par un cheval, devait élever dans
la haute ville, *45 muids* d'eau de 300 litres par heure.

L'eau puisée aux fontaines par les porteurs d'eau et
celle fournie à l'hospice et à la prison devait être payée
deux *liards l'ars* à l'entrepreneur.

Celui-ci demandait quatre années pour la complète
exécution de son projet.

Moyennant l'accord de la concession qu'il sollicitait,
le sieur Petey s'engageait, durant les mois de juin,
juillet et août à laisser couler l'eau des fontaines sur le
sol des voies publiques, deux fois par semaine, pendant l'espace de deux heures. En outre, en cas d'incendie, au premier coup de tocsin, le cheval devait
être attelé au manège et, à l'aide d'un moyen que l'auteur ne fait pas connaître, les cinq réservoirs devaient
être mis en communication avec la fontaine la plus pro-
che du sinistre, ce qui aurait produit 90 muids d'eau.

Les réservoirs devaient d'ailleurs être tenus toujours
et constamment pleins.

Ce projet ne fut pas accepté par la Municipalité et,
durant cinq années encore, il ne fut plus parlé de la
question des eaux.

* *
*

En mars 1820, un sieur Bonabel, de Paris, proposait
aux personnes qui désiraient élever de l'eau d'un puits,

d'une rivière, d'établir chez elles une nouvelle machine hydraulique à vapeur pouvant porter 15 pintes d'eau par minute à la hauteur de 60 pieds. Cette machine était du prix de 600 francs et ne devait consommer qu'un sou de charbon de terre par heure.

Il ne fut donné aucune suite à ce projet, et la question dormit encore cinq années.

*
* *

Le 9 avril 1825, le Préfet d'Eure-et-Loir, en présence de la grande sécheresse éprouvée en cette année et en raison de la multiplicité des incendies, demanda avec instance au Conseil municipal d'étudier les moyens d'amener l'eau dans la haute ville.

Notre compatriote Petey, que cette question préoccupait sans cesse, par une proposition en date du 8 novembre suivant, offrit d'élever les eaux de la rivière d'Eure dans la partie haute de la ville et de construire 6 fontaines.

L'eau devait être montée à 120 pieds et reçue dans un réservoir établi sur le cavalier de la porte Saint-Michel, et, en cas d'incendie, comme dans le projet de la fontaine Saint-André, l'eau de toutes les fontaines devait être réunie à celle qui serait le plus près du feu.

Enfin l'eau devait être puisée sur la rive gauche de l'Eure, à la Courtille, dans un bassin distant de 3 mètres de la rivière, ayant 8 mètres de longueur, 4 mètres de largeur et 2 mètres de profondeur. Le sieur Petey assurait qu'il trouverait là des sources abondantes.

Le Conseil municipal ne voulut lui accorder aucune indemnité pour l'aider à couvrir les dépenses importantes qu'il avait déjà exposées pour ses nombreux essais durant plus de deux années.

* *

A cette époque, les puits forés étaient partout à l'ordre du jour, c'était un véritable engouement, chaque ville voulait avoir son puits artésien ; Chartres n'échappe pas à la contagion.

Par lettre du 8 décembre 1828, le Préfet adressait à la Municipalité, en le lui recommandant fortement, un projet de traité de MM. Degousée et Byerley, dans lequel ces ingénieurs-sondeurs offraient d'établir un puits artésien, en un point quelconque de la ville que choisirait le Conseil municipal.

Le 9 janvier 1829, le Conseil déclara unanimement approuver et accepter la soumission de MM. Degousée et Byerley, pour le percement d'un puits artésien, moyennant le prix de quatorze mille francs, aux charges clauses, etc., et que ce puits serait percé dans un emplacement du cloître Notre-Dame.

Les travaux furent commencés le 3 février 1829. Un premier puits fut abandonné et un second commencé le 11 mars. Comme dans le premier les tiges de sonde se cassèrent et M. Degousée demanda la résiliation de son marché.

Le 13 mars 1830 intervenait une sentence arbitrale aux termes de laquelle le traité du 5 janvier 1829 fut résilié, sans indemnité de part et d'autre, comme aussi sans restitution par M. Degousée à la ville de Chartres d'une somme de 1 000 francs par lui déjà touchée.

Les dépenses faites par l'entrepreneur au moment de l'arrêt des travaux s'élevaient à 10 841 francs !

*
* *

Cette première tentative avortée n'avait pas découragé le Conseil municipal qui par une délibération du 11 mai 1830 émettait le vœu « qu'il soit avisé à tous les moyens possibles pour établir un puits artésien en cette ville ».

Pour donner suite à cette délibération, M. le Maire de Chartres entra en négociations avec M. Mulot, entrepreneur de sondages à Épernay, dont la réputation était établie par d'heureux succès dans le percement d'un nombre déjà considérable de ces sortes de puits.

M. Mulot vint à Chartres, examina le puits commencé dans le cloître Notre-Dame et déclara que son orifice trop étroit était un obstacle pour la continuation du forage; que l'élargissement du trou au moyen d'un alésoir présenterait de grandes difficultés et deviendrait plus onéreux que d'en recommencer un autre.

Dans ces conditions, la Ville, le 11 juin 1830, traita avec M. Mulot pour un nouveau percement sur la place Marceau, en avant de la pyramide.

Le 11 mai 1835, le puits avait atteint la profondeur de 267 mètres, mais sans qu'on eût rencontré les eaux jaillissantes. Le Conseil municipal ne voulut point poursuivre plus loin son expérience et les travaux furent définitivement interrompus au grand mécontentement de la population qui, par de nombreuses pétitions, demandait la continuation du forage jusqu'à la nappe artésienne.

Mais les administrateurs municipaux n'écoutèrent pas les doléances de leurs administrés, et bien leur en prit, pensons-nous, car l'expérience du forage du puits de Grenelle, à Paris. que M. Mulot exécutait dans le même temps qu'il travaillait à Chartres, a démontré qu'il eût fallu descendre à une profondeur d'environ 6 à 700 mètres pour atteindre les eaux jaillissantes, et dépenser, pour obtenir ce résultat, plus de 300 000 francs.

En 1838, deux nouvelles propositions de distribution des eaux de l'Eure furent examinées par le Conseil municipal.

Par la première, M. Pellerin, ancien notaire, demeurant à Paris, demandait qu'il lui fût concédé, pour une durée de 99 années, le droit exclusif d'établir sous la voie publique les conduites de distribution des eaux pour le service des fontaines publiques, des établissements communaux et des habitations particulières.

Dans ce projet, la prise d'eau était établie à la chute du moulin des Saints-Pères, une turbine, système Fourneyron, devait actionner une pompe pouvant élever, par 24 heures, 6 000 hectolitres d'eau, que le concessionnaire s'engageait en outre à livrer épurée, dégagée de matières étrangères et rendue potable.

La deuxième proposition, de M. Lefort, négociant à Paris, consistait à établir, dans la propriété du Tripot, une machine à vapeur et des pompes pouvant élever, en

24 heures, 12 000 hectolitres d'eau dans deux réservoirs à établir à une hauteur de cinq mètres au-dessus du point culminant du sol de la haute ville ; ces réservoirs devant avoir ensemble une capacité de 600 mètres cubes.

L'auteur du projet se proposait de recueillir dans un puits, de dimensions utiles, les eaux de sources qu'il supposait exister au pied des terrasses de l'évêché. Le puits, d'ailleurs, devait être mis en communication avec la rivière d'Eure « au moyen d'un canal souterrain contenant un double filtre, pour suppléer, en tant que de besoin, à l'insuffisance momentanée, mais fort peu probable, des eaux de source *très abondantes* en cette localité ».

Les propositions Pellerin et Lefort furent examinées par une même commission et, sur le rapport de M. de Moline, elles furent rejetées par le Conseil municipal principalement pour ces motifs « que l'entreprise dont il s'agit est du genre de celles dont un concessionnaire ne se charge qu'avec l'espoir d'un large bénéfice ; que la distribution d'eau dans la ville haute semble promettre un produit capable d'amortir le capital primitif en peu d'années et bien avant le terme que peuvent demander les compagnies concessionnaires ; que le monopole d'un objet aussi nécessaire doit entraîner une foule d'inconvénients en mettant fréquemment les intérêts des concessionnaires en opposition avec l'intérêt général ».

D'autre part, le principe de l'entreprise de la distribution des eaux par la Ville elle-même fut adopté unanimement par le Conseil municipal.

Conformément à cette décision, M. Chasles, maire de

Chartres, se mit en rapport avec M. Hubert, ingénieur civil à Paris, qui venait d'exécuter pour le compte de la ville de Saint-Germain-en-Laye les difficiles travaux d'un établissement hydraulique pour l'élévation et la distribution des eaux de la Seine dans cette ville.

Le 14 juin 1839, après quelques mois d'étude, M. Hubert, dans un rapport très complet, présentait au Conseil municipal un projet d'établissement hydraulique et de distribution des eaux dans la ville haute.

Les travaux devaient être généralement terminés dans un délai de huit mois, à compter du jour de l'approbation du traité par l'autorité compétente.

Ces travaux comprenaient : la construction sur la rive droite de l'Eure, à la Courtille, d'un bâtiment destiné à recevoir la machine à vapeur, les pompes et le logement du chauffeur, et l'édification d'un réservoir d'une capacité de 200 mètres cubes sur la terrasse de la porte Saint-Michel, la machine à vapeur de 8 chevaux et sa pompe, la canalisation et tous appareils de distribution.

Par délibération du 13 avril 1840, le Conseil municipal décida qu'il serait pourvu aux dépenses nécessaires pour l'exécution du traité Hubert et pour les autres dépenses accessoires, au moyen d'un emprunt de 300 000 francs.

Le projet et les traités furent approuvés par l'autorité supérieure, mais l'emprunt ne fut pas autorisé, la jurisprudence du Conseil d'État, à cette époque, n'admettait pas des opérations de ce genre lorsque leur durée excédait 12 années.

* *
*

Quatre années plus tard, la Ville étant libérée d'une
dette dont son budget était grevé en 1839 et M. Hubert
ayant pu proposer des conditions plus avantageuses
pour les finances municipales, les projets furent re-
pris, et les parties en s'en référant au traité primitif de
1839, le modifièrent seulement par un traité addition-
nel en date du 5 décembre 1843. Le prix total des travaux fut maintenu à 240 000 francs, mais en ce compris
une somme de 34 000 francs pour dépenses d'acqui-
sition, pose et établissement complet des appareils de
filtrage du système employé par la Compagnie française
de filtrage.

Un autre changement avait été apporté au projet : le
réservoir, dont la construction avait été primitivement
prévue sur la terrasse de la porte Saint-Michel, devait
être élevé dans un jardin dépendant du Collège municipal, avec une capacité de 200 mètres cubes, et son fond
établi à 3 mètres au-dessus du point culminant de la
ville.

Le bail d'exploitation, modifié en quelques parties, fut
également passé à la date du 5 décembre 1843 ; il portait
entre autres stipulations que, pendant sa durée (9 ou 18
années), M. Hubert devait fournir dans le réservoir, tous
les jours, sans interruption et par un travail seulement
de 10 heures 24 minutes, 260 mètres cubes d'eau *filtrée*,
moyennant le prix à forfait de 10 000 francs pour chaque
année.

*
* *

D'un rapport en date du 29 août 1845, de la commission chargée de la surveillance des travaux, il résulte que les travaux furent terminés vers le commencement d'août 1845.

La commission concluait à ce que le compte des travaux fût arrêté à la somme de 247324 fr. 15, avec un excédent de dépenses de 7324 fr. 15 sur les prévisions : elle proposait de faire courir le bail consenti par M. Hubert, pour l'exploitation de l'établissement hydraulique, à partir du 1er septembre 1845. et elle déclarait qu'il y avait lieu de recevoir les travaux, sous la réserve que les appareils de filtrage ne seraient définitivement reçus que le 1er mars 1846 après qu'ils auraient été reconnus satisfaisant à toutes les conditions des meilleurs appareils de la *Compagnie française.*

Mais, dès le principe, des difficultés s'élevèrent entre l'entrepreneur et la Ville, sur le mérite du filtrage, l'eau n'ayant pas toute la limpidité qu'on avait espéré en obtenir.

Le filtrage fut d'ailleurs abandonné. un procès s'engagea et, le 28 février 1847, après une procédure de plus de deux années, intervenait entre la Ville et M. Hubert, une transaction aux termes de laquelle ce dernier consentait à une réduction de 17 000 francs sur les appareils de filtrage.

Le bail d'exploitation fut résilié à la requête de la Ville, à partir du 1er septembre 1854 et l'établissement fut exploité en régie.

*
* *

De 1847 à 1864, la vente et les concessions des eaux
de l'Eure produisirent une recette nette de 73 430 francs,
défalcation faite des frais d'exploitation.

En 1854, la quantité d'eau montée était de 76 000
mètres cubes ; elle atteignait 150 000 mètres en 1867.

Dans la séance du Conseil municipal du 30 décembre
1863, le Maire exposait que l'établissement hydraulique
en était arrivé à donner tout ce qu'il pouvait donner ;
que les besoins étaient loin d'avoir entière satisfaction.

Il concluait en demandant au Conseil de confier cette
étude à M. Hubert, qui s'engageait à la conduire à bonne
fin, moyennant le prix à forfait de 2 000 francs. Le Conseil ratifia le traité passé avec cet ingénieur.

*
* *

Au cours de ses études, M. Hubert avait demandé
qu'il fût mis à sa disposition un crédit de 300 francs pour
procéder à des sondages sur la rive droite de l'Eure, à la
Courtille, près de l'usine hydraulique, en un point où il
espérait rencontrer des sources abondantes, au-dessous
du lit de la rivière. Ses prévisions se réalisèrent, il trouva
l'eau en abondance, mais cette eau était *ferrugineuse*.
L'idée de puiser là la nappe souterraine dut être abandonnée.

Le 15 septembre 1864, M. Hubert présentait son projet à l'administration municipale.

Ce projet avait, pour l'Administration municipale, l'inconvénient de perpétuer l'usage des eaux de l'Eure, tout en nécessitant une dépense considérable ; aussi le mit-elle de côté en lui préférant un projet dû à l'initiative de MM. Fontaine et Brault, lequel consistait à mettre à la disposition des habitants les eaux de la source de Fontaine-Bouillant.

L'administration avait pareillement écarté l'emploi de divers procédés de filtration naturelle ou artificielle, le puisage à la nappe souterraine, ainsi qu'un projet de captation et d'adduction des sources de Luisant et de Barjouville.

**
* **

Dans la séance du 27 décembre 1865 fut présenté au Conseil municipal le projet de Fontaine-Bouillant. Cette source débite 195 litres à la seconde ou 16 750 mètres cubes par jour ; il s'agissait d'en distraire environ 16 litres par seconde pour satisfaire aux besoins de la consommation de la ville.

L'usine devait être placée de l'autre côté du chemin de fer, et l'eau puisée dans un puisard mis en communication avec la source au moyen d'une rigole.

Le projet préparé par MM. Brault et Béthouart, dont le devis s'élevait à 244 430 francs, comprenait :

1° L'achat du terrain, les terrassements, la construction des bâtiments d'exploitation, la cheminée, les fourneaux, le puisard et les murs de clôture pour 52 950 francs ;

2° Une machine à vapeur de la force de 20 chevaux, du système Woolf, avec deux chaudières de 30 chevaux chacune, et une machine élévatoire composée de 4 pompes verticales avec récipient d'air, le tout d'une valeur de 57 000 francs ;

3° 4 000 mètres de tuyaux de fonte de 0ᵐ,216 de diamètre pour la conduite d'ascension, du récipient d'air aux réservoirs des Petits-Blés, en passant par le chemin de la Mihoue, la route de Chartres à Maintenon, les rues du Muret, du Cheval-Blanc et la place des Épars ; cette conduite estimée 98 400 francs ;

4° Deux réservoirs dont la dépense de construction s'élevait à 32 280 francs ;

5° Enfin la fourniture des clapets, ventouses, etc., était évaluée à 3 800 francs.

A ces dépenses, l'Administration faisait ajouter une somme de 15 432 francs pour le raccordement des réservoirs projetés avec celui du collège ainsi que pour le transport à Fontaine-Bouillant de la machine à vapeur de l'usine de la Courtille, qu'on comptait pouvoir utiliser en cas d'accidents ou de réparations de la nouvelle machine.

MM. Brault et Béthouart s'engageaient à exécuter l'ensemble des travaux pour la somme à forfait de 257 862 francs.

***

En mars 1866, cette question des eaux entre dans une phase nouvelle ; M. Hubert, qui n'avait point cessé de

poursuivre, et à ses frais. l'étude de cette question, déclarait qu'il n'était pas besoin d'aller au loin chercher des
eaux de source pour l'alimentation de la ville et qu'il
persistait à croire qu'il ne serait pas impossible de trouver, au-dessous du lit de la rivière, un banc de graviers
rempli d'eau, cette nappe liquide provenant d'une dérivation souterraine des eaux de la rivière, produite par
des pertes subies en amont de la ville à une distance
quelconque.

Pour cet ingénieur, les eaux des diverses sources de
notre vallée, et plus particulièrement celles de Fontaine-
Bouillant n'auraient pas d'autre origine et proviendraient
de cette dérivation souterraine de l'Eure. Il en concluait
qu'un forage pratiqué en un point quelconque du cours
souterrain donnerait la même eau qu'à Fontaine-Bouillant.

Dans cette hypothèse. il proposait à la Ville le creuse-
ment d'un puits sur la rive gauche de l'Eure, dans le
voisinage de l'usine de la Courtille, puis l'installation
provisoire à cette usine d'une nouvelle machine et de
nouvelles pompes capables de porter à 900 mètres cubes
par 24 heures la quantité d'eau à distribuer.

Il s'engageait à monter les eaux de la nappe souterraine, puisées au moyen du puits qu'il se proposait
de forer, et à leur défaut. les eaux de la rivière, pendant le temps que dureraient les études et l'exécution
d'un projet définitif, et ce moyennant le prix de 0 fr. 08
par mètre cube d'eau montée dans le réservoir de la
ville.

Dans sa séance du 27 mars, le Conseil examina cette

proposition, concurremment avec le projet de Fontaine-Bouillant.

Après une longue discussion, tout en reconnaissant que le projet de Fontaine-Bouillant offrait de nombreux avantages, au point de vue de la qualité des eaux et de leur abondance, le Conseil écarta ce projet, en raison de l'inconvénient qu'il présenterait d'exiger des dépenses trop importantes pour l'établissement des machines et de la conduite d'ascension, comme aussi en raison de la difficulté de contrôler sérieusement et efficacement l'exploitation d'une usine établie à quelques kilomètres de la ville.

L'examen du projet Hubert continua dans la séance du 27 avril 1866.

Un membre du Conseil émit l'avis que l'Administration devait se charger, sans intermédiaire, des essais à faire pour la recherche des eaux souterraines, et qu'à cet effet, après un sondage préparatoire pour constater la présence de la nappe et la qualité de l'eau trouvée, il y aurait lieu par elle de faire creuser, sur la rive gauche de l'Eure, un puits de 12 mètres de diamètre au niveau de l'eau, 4 mètres au fond et 4 mètres de profondeur, cette profondeur devant être augmentée jusqu'à ce que le débit du puits ait atteint 30 litres d'eau à la seconde.

L'auteur de cette proposition considérait que ce débit serait facilement atteint, attendu que, lors des travaux de fondation du pont construit sur la rivière d'Eure aux Trois-Ponts, l'une des fouilles présentant une superficie de 130 mètres, ayant été mise à sec, s'était remplie, sur 3 mètres de hauteur en moins de 2 heures avec un débit de 54 litres par secondes. Il ajoutait que, si au bout d'un certain temps l'eau n'était plus assez abondante dans le puits, cet ouvrage pourrait, dans tous les cas, servir de réservoir de puisage pour les eaux des sources de Luisant et de Barjouville qui pouvaient y être amenées sans difficultés.

Après de brillantes controverses, le principe du puisage à la nappe souterraine fut adopté par le Conseil, et l'Administration fut autorisée à traiter à l'amiable pour la recherche des eaux souterraines et l'exploitation provisoire de l'usine de la Courtille aux conditions de la proposition Hubert.

Le Conseil invitait cependant l'Administration à poursuivre concurremment les études du projet de captation des sources de Barjouville et de Luisant.

En conformité de ces décisions, le 18 avril, l'Administration procédait à une adjudication restreinte, par voie de soumissions cachetées, et M. Hubert était déclaré adjudicataire de l'exploitation provisoire du service de la distribution des eaux pendant une durée d'au moins 18 mois. Ce provisoire devait se prolonger jusqu'en 1875.

*
* *

Dans la séance du 6 novembre 1866, une commission de sept membres fut nommée par le Conseil municipal pour procéder aux études d'un établissement définitif et surveiller les travaux de recherches des eaux souterraines : cette commission fut composée de MM. Delacroix, Boutet, Brault, Fontaine, Francfort, Bourgeois et Mouton.

Des sondages furent entrepris à la Courtille et aux Trois-
Ponts, dans un terrain appartenant aux Ponts et Chaussées : à la Courtille l'eau fut trouvée, comme précédem-
ment, chargée de sels de fer ; aux Trois-Ponts le
sondage révéla l'existence d'une couche de graviers aqui-
fères de 3^m,50 à 4 mètres d'épaisseur, au-dessous des terrains imperméables dans lesquels l'Eure a creusé son lit ;
l'eau puisée dans le trou de sonde ne contenait pas de
traces de sels de fer, elle fut reconue de bonne qualité.

En avril 1867, sur l'emplacement de ce dernier sondage fut creusé un puits de 2^m,50 de diamètre qu'on des-
cendit de 1 mètre dans la couche de graviers ; une machine à vapeur et une pompe puissantes furent installées
pour se rendre compte du débit de la nappe souterraine.
Ce débit atteignit 100 mètres cubes à l'heure et l'eau re-
cueillie n'atteignait que 24 à 25° à l'hydrotimètre.

Cette expérience était concluante ; elle confirmait le
résultat des épuisements exécutés par le service des Ponts
et Chaussées, et démontrait qu'il existe, sans conteste,
dans le thalweg de la vallée de l'Eure, un courant d'eau
souterrain d'une grande puissance.

A cette époque, une Société parisienne s'était formée
pour l'exécution d'un projet de dérivation des eaux de la
Loire vers Paris, en traversant les plaines de la Beauce.

Le 17 janvier 1868, dans une lettre circulaire adressée
aux maires des communes du département intéressées à
l'exécution du projet, M. le Préfet fit connaître l'objet et

le but de l'entreprise, le mode d'établissement du canal, son tracé, les moyens et les conditions de la distribution de son parcours.

Suivant les instructions préfectorales, le Maire de Chartres provoqua, par des insertions dans les journaux, les demandes des habitants qui auraient pu avoir l'intention de s'alimenter au moyen des eaux de la Loire. Aucune déclaration ne fut faite.

En ce qui concerne la ville. le Conseil municipal, en tant qu'il représente l'intérêt collectif des habitants et qu'il est chargé, à ce titre, de pourvoir aux besoins des services publics, déclara qu'il ne pouvait trouver dans les conditions du projet, aucun des avantages qui pourraient le déterminer à prendre une concession des eaux de la Loire. Le prix du mètre cube d'eau de Loire était en effet tarifé par la société à un prix supérieur à celui de l'eau de l'Eure montée dans les réservoirs de la ville.

*
* *

Le 28 février 1868, la Commission nommée le 6 novembre 1867 concluait devant le Conseil municipal à l'adoption du puisage des eaux de la nappe souterraine aux Trois-Ponts.

Néanmoins, les partisans du projet de Fontaine-Bouillant persistèrent à croire que seule cette fontaine pouvait être utilisée pour assurer indéfiniment l'alimentation de la ville, avec une sécurité absolue. Le Conseil avait écarté leur premier projet, en raison surtout de l'éloignement de l'usine, ils en présentèrent plusieurs autres dans lesquels ils plaçaient cette usine dans les Grands-Prés.

Dans le premier de ces projets, l'eau était amenée à l'usine de la prairie communale au moyen d'un siphon partant de la fontaine et débouchant à un niveau inférieur à celui de cette fontaine. Ce projet ne fit que paraître et disparaître.

Dans un deuxième, les pompes de l'usine devaient aspirer les eaux de la fontaine au moyen d'un tuyau d'aspiration de trois kilomètres de longueur. Ce projet eut le même sort que le précédent.

Enfin, un troisième consistait à amener aux Grands-Prés les eaux par la gravité, au moyen d'un aqueduc en béton, plongé de $0^m,90$ dans la fontaine et descendu à $3^m,50$ de profondeur, au-dessous du niveau de la rivière, à son arrivée à l'usine. Ce dernier projet ne fut pas reconnu plus praticable que les autres, en raison des nombreuses difficultés d'exécution de l'aqueduc dans un sol complètement saturé d'eau et présentant d'inégales résistances.

En décembre 1868, le Conseil rejeta définitivement tous les projets concernant Fontaine-Bouillant ; il n'en fut plus question que dans de nombreux articles publiés par MM. Lefebvre, Boutet, Bourgeois et Boy dans les journaux de Chartres, au cours de l'année 1869.

Cependant, l'Administration étudiait un projet d'amélioration de l'usine de la Courtille qui fut repoussé par le Conseil dans sa séance du 29 décembre 1869.

Enfin, le 12 janvier 1870, le Conseil se prononçait formellement et demandait qu'il fût procédé aux études d'un nouvel établissement hydraulique aux Trois-Ponts, dans la rue des Perriers. Dès le 8 mars, l'Administration présentait ce projet à notre Assemblée municipale qui l'adoptait après une longue et sérieuse discussion.

*
* *

Par suite des événements de 1870, cette question des eaux ne revint à l'ordre du jour que le 24 juillet 1871. La construction du nouvel établissement avait été nécessairement ajournée et le maire, M. Delacroix, déclarait que la Ville ne pourrait de longtemps, disposer des ressources nécessaires à l'exécution du projet. En raison de l'insuffisance notoire du service des eaux, l'Administration proposait l'installation provisoire à l'usine de la Courtille d'une machine de 20 chevaux, pensant que la réalisation de ce projet n'était pas au-dessus des moyens financiers de la commune.

Mais, le Conseil, justement effrayé du provisoire, déclara qu'il préférait une solution définitive. Il émit en outre l'avis qu'il fallait remanier complètement la distribution, les conduites étant de trop faibles diamètres et construire un nouveau réservoir, celui du Collège n'ayant pas une capacité suffisante pour répondre aux besoins du service.

Cette affaire subit un nouveau temps d'arrêt ; ce ne fut que le 16 février qu'elle revint devant le Conseil municipal qui renvoya à l'examen d'une commission le projet approuvé le 8 mars 1870 par le Conseil précédent.

Dès le 23 février, la Commission rendait compte du résultat de son examen et le Conseil décidait, cette fois pour n'y plus revenir, que l'usine serait transportée au chemin des Perriers ; qu'une rue serait ouverte entre ce chemin et le carrefour des Capucins ; qu'enfin, en ce point on établirait un nouveau réservoir.

Ce ne fut néanmoins que dans les séances des 6 août 1872 et 26 février 1873 que le Conseil vota définitivement l'ensemble du projet dont la dépense totale était présumée devoir s'élever à 183 720 francs.

Le 3 septembre, l'Administration, autorisée par le vote ci-dessus, concluait un marché à forfait avec MM. Brault et Béthouart pour la construction des machines, pompes et accessoires, ainsi que pour la fourniture et la pose des tuyaux nécessaires à une canalisation de 1 955 mètres moyennant la somme fixe de 98 877 fr. 50. La dépense pour la construction des bâtiments de l'usine était évaluée à 24 590 fr. 43, celle des réservoirs à 51 969 fr. 08.

Dans la séance du 12 août 1874, le Conseil décidait qu'il serait creusé un bassin à ciel ouvert, dans un pré situé en face la nouvelle usine, entre le chemin et la rivière et qu'il serait mis en communication avec le puisard des pompes, au moyen d'un aqueduc en maçonnerie passant sous le chemin. Ce bassin ne fut descendu que jusqu'à la couche de graviers, sans la pénétrer ; plusieurs membres du Conseil municipal pensèrent qu'on obtiendrait ainsi de l'eau de source ! Les expériences faites aux Trois-Ponts et les dépenses qu'elles avaient occasionnées n'avaient servi de rien.

La nouvelle usine fut mise en marche le 1er juillet 1875.

Récemment.

6. — Depuis 1875, l'usine élévatoire alimentait la ville, au moyen de l'eau puisée dans la rivière d'Eure, et sans aucune purification préalable.

La production en eau montée de cette nouvelle usine était

pour l'année 1883.	608 000 mètres cubes	
— 1890.	622 000	—
— 1892.	754 000	—

Ces chiffres représentent pour une population de 22 000 habitants 94 litres par personne et par jour.

En raison de l'augmentation constante de la consommation d'eau, les machines et les pompes élévatoires, ainsi que les canalisations d'eau devaient devenir insuffisantes à très brève échéance.

Aussi, dès l'année 1893, la question des eaux fut-elle à nouveau remise à l'étude.

En même temps que la réfection des canalisations, le remplacement des pompes et des machines élévatoires, et la surélévation du réservoir des Capucins, l'Administration municipale proposait d'assurer l'alimentation en eau potable, la qualité des eaux de l'Eure étant reconnue insuffisante.

Cette insuffisance de qualité, les chimistes Macqué et Beaumé l'avaient déjà signalée en 1778 en disant qu'il était nécessaire de se préoccuper « du goût de croupi, qui lui vient vraisemblablement du sol sur lequel coule la rivière, et des matières végétales qui, en se pourrissant, lui communiquent cette saveur et la couleur qu'elle a. »

Cette insuffisance de qualité est aussi reconnue dans une discussion courtoise sur les eaux entre MM. Lefebvre et Bourgeois père, conseillers municipaux.

« Les eaux de l'Eure, disait ce dernier, ont toujours répugné comme boisson, à cause des détritus et des vases qui y sont mélangés. »

Le degré hydrotimétrique des eaux de l'Eure est de 19°, elles contiennent en temps ordinaire 3 milligrammes de matières organiques, la présence du coli-bacille y est constatée et l'analyse bactériologique révèle un nombre élevé de bactéries.

L'intérêt général, le souci de l'hygiène publique semblaient donc commander le rejet de l'eau de la rivière d'Eure.

Une étude de M. Humblot, ingénieur en chef de la Ville de Paris, avait été présentée en 1891, proposant en même temps que la réfection de la canalisation, l'alimentation en eau prise à Fontaine-Bouillant, mais ce projet ne fut pas suivi d'exécution.

En 1893, dès son avènement à la mairie. M. Fessard, maire, proposa de sérier le programme adopté, et d'en étudier successivement chacune des parties.

La réfection de la canalisation fut d'abord étudiée, un projet spécial à cette partie du programme fut élaboré et exécuté pendant le cours des années 1896-1897.

A la suite de cette première partie on étudia la possibilité d'augmenter les pressions utiles ; la surélévation de 6 mètres des réservoirs des Capucins fut adoptée, et les travaux furent faits en 1898-1899.

Enfin la troisième partie relative à l'augmentation de puissance des machines élévatoires, fut l'objet de propositions du regretté M. Mecker, inspecteur des machines élévatoires du service municipal de Paris.

Deux machines et pompes Farcot, capables d'élever chacune 135 mètres cubes d'eau à l'heure à 42 mètres de hauteur, furent établies à l'usine élévatoire, en remplacement de l'une des machines, datant de l'installation de 1875.

De nouveaux générateurs de vapeur furent en même temps établis par la maison Weyher et Richemond.

Ces derniers travaux étaient achevés en l'année 1900.

En même temps que les travaux ci-dessus décrits la Commission spéciale des eaux nommée le 10 février 1893, poursuivait l'étude des moyens propres à assurer la distribution d'une eau saine, agréable au goût, et d'une pureté à l'abri de tout soupçon.

Cette Commission, pendant la durée de son mandat, ne cessa de poursuivre cette étude.

A la suite des élections municipales de 1896, une Commission nouvelle, réunissant la presque totalité des membres de l'ancienne, continua à rechercher la solution de cette question, à l'étude depuis si longtemps.

M. le Dr Maunoury, par la lecture de son rapport à la séance du Conseil municipal du 28 septembre 1897, rendit compte du résultat des travaux.

Unanimement décidée à substituer l'eau potable à l'eau

de l'Eure, la Commission avait étudié la possibilité d'alimenter la ville au moyen des eaux de source soit prises en amont à Fontenay-sur-Eure, mais qui se sont révélées insuffisantes, puis d'eaux prises en aval à Fontaine-Bouillant.

En présence d'affirmations d'autorités compétentes qui classaient l'eau de Fontaine-Bouillant parmi les eaux non potables, la Commission n'osa assumer la responsabilité de proposer l'adduction à grands frais d'une eau universellement condamnée.

La recherche de la nappe souterraine, théorie déjà développée en 1869 par M. Bourgeois père, fut de nouveau étudiée.

Le service des Ponts et Chaussées, sous la direction de M. Lordereau, ingénieur en chef, et de M. Michaux, ingénieur ordinaire, procéda au forage de 4 puits sur la commune du Coudray et de 5 puits sur la commune de Chartres aux abords de l'usine élévatoire.

Le résultat de ces recherches fut négatif.

Toutes les sources sur lesquelles nous avons cru pouvoir compter il y a quatre ans, disait M. le Dr Maunoury dans son rapport, nous échappent les unes après les autres, et nous étions sur le point de revenir à l'eau de l'Eure, lorsque deux de nos compatriotes MM. V. et D. firent paraître au commencement de 1896, dans les journaux locaux, une série d'articles fort enthousiastes sur un nouveau projet, consistant à amener à Chartres les eaux prises près des sources de l'Eure.

La Commission s'empressa d'étudier ce nouveau projet, mais elle fut arrêtée par des objections qui lui parurent très sérieuses, et l'empêchèrent de tourner ses vues de ce côté.

D'étape en étape, la Commission en était arrivée à rejeter successivement tous les projets d'adduction d'eau de source qui lui étaient proposés.

Elle examina la proposition faite par M. Maignan de filtrer les eaux au moyen de ses filtres à carbo-calcis, et fut unanime pour refuser d'adopter ce système.

Continuer à distribuer l'eau de l'Eure, et installer dans les quartiers populeux de la ville un certain nombre de fontaines filtrantes, ne lui parut pas non plus, être une solution acceptable.

La Commission préconisa alors la distribution des eaux après leur avoir fait subir une amélioration au moyen de filtres à sable à membrane filtrante, avec addition d'une oxydation par le fer (système Anderson).

Tous ces points furent l'objet de longues discussions au sein du Conseil municipal dans ses séances des 28 septembre et 13 novembre 1897, au cours desquelles furent examinés les rapports et mémoires de M. le Dr Maunoury, Gilbert, Doullay, Henri Bourgeois, et Fessard, maire de Chartres.

Les choses en restèrent là.

II

STÉRILISATION DES EAUX
PAR L'OZONE

Avantages.

7. — L'Exposition universelle de 1900 vint apporter aux hygiénistes un élément nouveau, en faisant connaître les procédés industriels de stérilisation des eaux par l'ozone.

Ces procédés allaient fournir pour Chartres la solution si longtemps cherchée.

Puisque les eaux de rivière, et même les eaux de source, ne possèdent presque jamais les qualités réclamées par les hygiénistes, il est nécessaire d'épurer et même de stériliser les eaux dont on peut disposer.

La stérilisation, en perfectionnant au plus haut degré les systèmes anciens d'épuration, doit permettre d'atteindre les limites des bienfaits que l'on est en droit d'attendre d'une eau irréprochable et parfaite.

Les procédés de stérilisation des grandes masses d'eau commencent à pénétrer dans la pratique.

On a proposé : l'ozonisation, les agents chimiques et la chaleur. Mais ce sont les procédés d'ozonisation qui paraissent devoir être préférés.

M. Ambroise Rendu, au nom de la 6e Commission du Conseil municipal de Paris, après avoir constaté combien les eaux de sources devaient inspirer peu de confiance, déclarait en se basant sur l'expérience « que pour remplir les conditions fixées par le Conseil d'hygiène publique et de salubrité, il faut recourir à un agent qui est l'ozone, sur l'emploi duquel sont d'accord, même dans leurs réserves, les experts du Comité consultatif d'hygiène publique de France, et ceux de la Ville de Paris ».

Le rapporteur concluait : qu'en adoptant l'ozonisation, Paris transformerait en eaux irréprochables toutes ses eaux d'alimentation qu'on incrimine de plus en plus (décembre 1905).

M. H. de Montricher, dans une conférence faite à la Société de médecine (*Bulletin de la revue d'Hygiène*, janvier 1904), rendait compte du fonctionnement d'une usine de stérilisation des eaux par l'ozone, établie en 1899 aux Brasseries de la Méditerranée (Établissements Velten) à Marseille, pour le traitement des eaux destinées à la fabrication de la bière (500 mètres cubes par jour).

Les essais faits à cette usine par M. Max Rietsch, professeur de bactériologie à l'Académie de Marseille, montraient que l'eau brute, traitée par l'ozone, ne révélait même après 30 jours de culture que deux colonies de germes d'espèces banales par centimètre cube.

M. Rietsch voulut poursuivre ses études sur les eaux souillées par les facteurs des diverses maladies, tels que les bacilles cholériques, diphtériques, pesteux, les streptocoques et les staphylocoques.

Ces expériences furent faites le 11 mars 1903. Il constata la destruction complète des microbes typhiques et cholériques (21 mars), des microbes pesteux et diphtériques, des streptocoques, staphylocoques et coli (le 27 mars et jours suivants).

Les tableaux de ces expériences ont été publiés en détail dans le journal mensuel (*Marseille médical*) de mai et juin 1903, les chiffres accusent une action stérilisante absolue de l'ozone.

M. Rietsch conclut ainsi : « La question de l'alimentation des villes en eau saine est une des plus importantes et aussi une des plus difficiles de l'hygiène actuelle. Que l'on veuille bien réfléchir à quel point elle se trouverait simplifiée par le procédé de l'ozonisation, car son prix de revient semble aussi le placer au-dessus des autres solutions. »

MM. Jolibois et Moreau, dans leur rapport au Conseil municipal de Paris, disent : « Les expériences déjà faites ont prouvé irréfutablement qu'on peut aujourd'hui stériliser l'eau au moyen de l'air ozoné. »

Le Conseil supérieur d'hygiène publique de France, l'Observatoire municipal de Montsouris approuvent les procédés de stérilisation des eaux au moyen de l'ozone.

Les renseignements recueillis par MM. Moreau et Rendu et publiés dans leurs rapports montrent qu'à Paderborn (Westphalie) l'adoption de l'ozonisation des eaux potables n'a eu depuis 3 ans que des conséquences salutaires au point de vue de l'hygiène.

MM. Ogier et Bonjean disent « l'efficacité de l'ozoniza-
tion pour la destruction des germes bactériens est indis-
cutable.

« L'ozone présente l'avantage incontestable de n'intro-
duire dans l'eau aucune substance étrangère pouvant être
à la longue préjudiciable à la santé des consommateurs.

« En résumé, parmi les divers procédés étudiés pour la
stérilisation des eaux potables, l'ozone semble actuellement le plus pratique et le plus recommandable. »

III

APPLICATION DE LA STÉRILISATION DES EAUX PAR L'OZONE A CHARTRES

Stérilisation.

8. — Le Conseil municipal élu en mai 1900 nommait une nouvelle Commission des eaux le 20 novembre suivant.

Celle-ci rechercha les moyens d'appliquer à Chartres la stérilisation des eaux par l'ozone. M. le Dr Maunoury, rapporteur, donnait, à la séance du 24 février 1904, lecture du rapport résumant les travaux.

Nous en extrayons les passages suivants :

La Commission n'avait aucune envie de recommencer l'œuvre stérile si souvent abordée. Pensant qu'elle avait mieux à faire que de perdre son temps, et l'argent des contribuables, à la poursuite de sources hypothétiques, elle chercha si elle ne trouverait pas la solution de ce décevant problème dans un des nombreux procédés nés, depuis peu, sous l'influence des doctrines pasteuriennes. Elle fut unanime pour rejeter d'emblée tous ceux qui prétendent obtenir la stérilisation, à l'aide d'une substance plus ou moins toxique, dissoute préalablement dans l'eau, et que l'on fait ensuite disparaître par une réaction chimique ; elle ne voulut s'occuper que de ceux où n'intervient aucun élément nuisible à la santé. Elle fut servie à souhait par les circonstances, car, au moment où elle entrait en fonction, on commençait à parler d'une méthode nouvelle qui, expérimentée quelques années auparavant en Allemagne et en Hollande, venait d'être rendue industriellement pratique par deux jeunes savants français, récemment sortis de l'École normale supérieure, et avait été, sous cette forme, présentée au grand public, lors de l'Exposition universelle de 1900 ; nous voulons parler de l'épuration par l'ozone.

La municipalité de Lille fit pendant une année des essais de stérilisation portant sur 1 000 à 2 500 mètres cubes d'eau par jour.

Les résultats de ces essais furent contrôlés par une commission présidée par M. le Dr Staes-Brame, adjoint au maire de Lille, dont faisaient partie les Drs Roux et Calmette, pour la partie bactériologique, et MM. Bouriez et Busine, pour la partie chimique.

Les expériences durèrent deux mois et les résultats furent communiqués dans un rapport dont voici les conclusions :

« Le procédé de stérilisation des eaux d'alimentation par l'ozone, basé sur l'emploi des appareils ozoneurs et de la colonne de stérilisation de MM. Marmier et Abraham, est d'une efficacité incontestable et cette efficacité est supérieure à celle de tous les procédés de stérilisation actuellement connus, susceptibles d'être appliqués à de grandes quantités d'eau.

« La disposition très simple de ces appareils, leur robustesse, la constance de leur débit et la régularité de leur fonctionnement, donnent toutes les garanties que l'on est en droit d'exiger d'appareils vraiment industriels.

« Tous les microbes pathogènes ou saprophytes que l'on rencontre dans les eaux étudiées par nous sont parfaitement détruits par le passage de ces eaux dans la colonne ozonatrice. Seuls quelques germes de *Bacillus subtilis* résistent.

« On compte environ un germe appartenant à cette espèce par 15 centimètres cubes d'eau traitée avec une concentration d'ozone égale à 6 milligrammes par litre d'air. Avec une concentration de 9 milligrammes, le nombre des germes de *B. subtilis,* revivifiables par la culture en bouillon, s'abaisse à moins de 1 pour 25 centimètres cubes d'eau traitée.

Il importe d'observer que le *B. subtilis* (microbe du foin) est tout à fait inoffensif pour l'homme et pour les animaux ; et, d'ailleurs, les germes de ce microbe résistent à la plupart des moyens de destruction, tels que le chauffage à la vapeur sous pression à 110°. Il n'est donc pas utile d'exiger sa disparition complète des eaux destinées à la consommation et nous considérons comme très suffisante la stérilisation obtenue par l'air ozoné, avec une concentration de 5 à 6 milligrammes par litre, dans les conditions où se placent MM. Marmier et Abraham.

« L'ozonisation de l'eau n'apporte dans celle-ci aucun élément étranger, préjudiciable à la santé des personnes appelées à en faire usage. Au contraire, par suite de la non-augmentation de la teneur en nitrates et de la diminution considérable de la teneur en matières organiques, les eaux soumises au traitement par l'ozone sont moins sujettes aux pollutions ultérieures et sont, par suite, beaucoup moins altérables. Enfin, l'ozone n'étant autre chose qu'un état moléculaire particulier de l'oxygène, l'emploi de ce corps présente l'avantage d'aérer énergiquement l'eau et de la rendre plus saine et plus agréable pour la consommation, sans lui enlever aucun de ses éléments minéraux utiles. »

Nous avons voulu donner in extenso ces conclusions dont l'importance est capitale et qui, nous pouvons bien le dire, ont été le véritable motif du choix de votre Commission, car, pour la première fois, il est question d'une expérience vraiment industrielle, portant sur des quantités d'eau servant à l'alimentation d'une ville, et, en tête des membres de la Commission, se trouve le Dr Roux, qui est aujourd'hui l'homme possédant la plus haute autorité et la compétence la plus indiscutée dans les questions de ce genre.

Le 7 juin 1903, l'inauguration du monument Pasteur amenait à Chartres les plus illustres des disciples du maître. M. Fessard en profita pour les entretenir de la question qui nous préoccupait tous. Les conversations qu'il eut avec MM. Nocard et Roux, tous deux partisans convaincus du système Marmier et Abraham, dissipèrent ses dernières hésitations et, quelques jours après, il réunit la Commission des eaux, pour lui dire qu'il était tout

disposé à soutenir devant le Conseil municipal l'adoption
de ce procédé.

La Commission entra immédiatement dans ses vues et
présenta au Conseil municipal un projet de stérilisation
par l'ozone. Mais il restait une autre question à résoudre,
celle de la clarification des eaux. Voici comment s'expri-
mait à ce sujet M. le Dr Maunoury :

L'ozonisation stérilise l'eau admirablement, nous avons
même vu qu'elle la décolore, mais elle ne fait pas disparaître les matières en suspension, en d'autres termes, elle
ne la filtre pas. L'eau, primitivement trouble, reste trouble,
si bien qu'après son passage dans les appareils, elle ne
renferme plus aucun germe nuisible, et cependant elle ne
peut être distribuée au public dans cet état. Nous ajoute-
rons même que, si on ne la clarifiait pas avant de la traiter
par l'ozone, son épuration exigerait une quantité beaucoup plus considérable d'ozone, car une partie serait em-
ployée à oxyder les matières organiques, ce qui augmen-
terait notablement la dépense.

Pour tous ces motifs, il faut commencer par filtrer
l'eau, et c'est ce que l'on a fait dans plusieurs des installations dont nous avons parlé, et dans lesquelles l'eau à
traiter était mélangée de débris organiques, comme à
Oudshoorn et à Marseille. Mais il n'est plus question ici
d'employer une filtration lente et délicate, comme celle
que nous vous proposions d'établir en 1897, car le traitement de l'eau a pour but de la clarifier, et non plus de
la débarrasser de ses microbes ; l'opération pourra donc
être infiniment plus rapide et ne présentera plus les im-
perfections et les dangers du filtre à sable ordinaire.

Dans bien des villes. il est possible d'employer des moyens de clarification économiques, soit en creusant des galeries filtrantes près des bords de la rivière, soit même en y créant des filtres artificiels avec du gravier. Malheureusement à Chartres, le sol argileux de la vallée, le peu d'élévation des rives de l'Eure et le faible courant de l'eau nous ont empêché de nous arrêter à cette solution qui nous eût évité de grands frais.

En conséquence. nous proposons au Conseil municipal de confier à la Société industrielle de l'Ozone la construction des appareils Marmier et Abraham, qui seront placés à l'extrémité de notre usine élévatoire actuelle, agrandie à cet effet.

On peut considérer que notre première année sera une année d'expérience. Si les conditions stipulées dans notre traité avec la Société industrielle de l'Ozone ne sont pas remplies, la Société retirera ses appareils, et nous achèverons alors l'installation de nos 12 filtres à sable, au fur et à mesure des besoins de notre consommation. Si, comme nous en avons la conviction, l'expérience réussit, nous deviendrons acquéreurs des appareils, au prix de leur établissement, et nous devrons pendant 15 ans payer à la Société une redevance de 1 centime par mètre cube d'eau consommée.

Dans sa séance du 19 avril 1904 le Conseil municipal adressait des félicitations à M. le Dr Maunoury, rapporteur, et à l'unanimité adoptait les conclusions de son rapport qui proposait comme moyen d'épuration, la stérilisation par l'ozone, précédée d'une filtration au sable.

Clarification.

9. — Après l'adoption de ses propositions par le Conseil municipal, la Commission continua à faire des recherches ayant pour but de permettre l'application du moyen de clarifier rapidement et sûrement les eaux à stériliser ; elle se renseigna et étudia complètement le fonctionnement de différents systèmes de filtres à sable à membrane filtrante précédés ou non, de dégrossisseurs et préfiltres, de filtres rapides fonctionnant avec addition de sulfate d'alumine, de ferro-chlore, ou de carbo-ferrite et n'osa proposer l'adoption d'aucun d'eux.

Elle s'intéressa particulièrement à la création d'une petite usine de stérilisation par l'ozone établie à titre démonstratif, et capable de stériliser 10 000 litres par jour.

Cet appareil stérilisateur était précédé d'un filtre à sable construit d'après les données admises pour ces filtres.

La Commission constata chaque jour le fonctionnement de cet appareil.

Dans son étude de novembre 1905 M. Lhuillier, qui avait suivi les expériences, disait :

« Dès les premiers jours de la mise en marche, l'eau ozonisée obtenue était suffisamment claire, stérile, et renfermait à peine quelques germes de bacille *subtilis* (espèce complètement inoffensive) ainsi que l'avaient du reste annoncé MM. Marmier et Abraham. Mais survint une période de pluie, et l'eau, bien que parfaitement pure, devint légèrement opalescente par suite des réactions que produit l'ozone sur les substances argileuses renfermées dans notre eau. »

Les eaux de l'Eure sont très difficiles à clarifier en tout temps, à cause des substances argileuses qu'elles tiennent en suspension, mais les difficultés deviennent plus grandes encore à chacune des crues de la rivière, par suite de la grande augmentation des substances argileuses, de la proportion des substances solides en suspension.

Lorsque les eaux de l'Eure sont le plus claires, elles contiennent de 1 à 2 milligrammes de matières en suspension par litre, proportion équivalente aux eaux de l'Oise, de la Seine et de la Marne.

Pour les dix appareils clarificateurs à 40 mètres carrés chacun constituant l'installation de Chartres, et fonctionnant à 20 mètres cubes par jour et par mètre carré traitant une eau contenant $1^{mm},5$ de matières étrangères par litre la formation de la couche de limon qui serait occasionnée par ces matières atteindrait en un mois l'épaisseur de 1 centimètre et le poids de 360 kilogrammes.

La stérilisation par l'ozone étant adoptée, il fallait trouver un procédé de clarification, assurant rapidement une clarification parfaite.

La Commission étudia alors à nouveau, et avec grand soin, les différents systèmes de dégrossisseurs, et de filtres existants.

A Lille, M. le Dr Maunoury dans l'usine d'épuration des eaux d'égouts, établie par le Dr Calmette, à Paris, MM. Fessard, maire et Hubert adjoint, dans l'usine établie par la Société du Septic tank, pour le traitement des eaux de l'égout collecteur, constataient les effets puissants de la méthode d'épuration bactérienne appliquée dans ces usines.

Cette méthode est basée sur un procédé proposé vers 1892 par un chimiste anglais, Dibdin, appliquant à l'épuration des eaux, l'action destructive des microbes à l'égard de la matière organique.

Ce principe est devenu le point de départ d'une méthode générale qui a reçu le nom d'épuration biologique.

La Commission municipale n'hésita pas à en faire l'application à son tour ; puisqu'on avait décidé de stériliser les eaux en les traitant par l'ozone qui agit par oxydation, il était tout à fait logique, en effet, de commencer le traitement par une oxydation biologique, peu coûteuse et particulièrement efficace pour décomposer les matières organiques.

Après recherches, un appareil spécial fut établi en double unité, précédant le bac à sable.

M. le Dr Maunoury, dans son rapport du 27 décembre 1907, décrit ce dégrossisseur, et rend compte des résultats qu'on en obtint.

« DÉGROSSISSEUR PAR OXYDATION BACTÉRIENNE. — L'essai fut tenté à l'usine hydraulique par M. Desgorces. Deux dégrossisseurs ont été installés près du filtre à sable. Pendant un certain temps, l'eau traverse un lit de 2 mètres d'épaisseur de coke qui, disposé dans une cuve en U, ne fait perdre à l'eau que quelques centimètres de pression.

Puis la cuve est vidée, l'air pénètre entre les morceaux de coke, et une seconde cuve semblable à la première entre en fonction et travaille un temps égal ; alors la première recommence, et ainsi de suite.

« La durée de 2 heures nous a paru la plus favorable pour l'oxydation des matières organiques et la revivification du lit. Toutefois ce chiffre n'a rien d'absolu ; la durée des périodes d'immersion et d'aération pourra varier de 1 à 4 heures, suivant l'impureté de l'eau à traiter. Il y a là une certaine habitude à acquérir dans le maniement des appareils pour les faire travailler avec toute l'efficacité possible.

« Il vous semblera peut-être difficile d'admettre que ces appareils, dans lesquels l'eau circule rapidement, agissent comme les lits bactériens de M. Calmette, où les liquides cheminent d'une manière extrêmement lente. Vous pourriez même supposer que l'action attribuée ici à des microbes oxydants qui, à heure fixe, reviendraient jouer leur rôle de destructeurs de la matière organique, est une hypothèse imaginaire, et que nos prétendus épurateurs biologiques ne sont autre chose que des filtres surajoutés où, grâce à sa nature poreuse, le coke joue un rôle purement mécanique ; ce serait une erreur complète.

« Si ces dégrossisseurs étaient des filtres, nos résultats auraient été d'autant meilleurs que les fragments auraient été plus fins, et, de toute manière, le coke aurait fini par s'encrasser. Or, dans nos deux dégrossisseurs, l'action clarifiante a été identique, bien que l'un fût rempli avec du coke n° oo et l'autre avec du grésillon ; et dans les deux, au bout de trois mois d'usage, le coke était aussi

propre que le premier jour. Nous avons fait une expérience bien autrement probante qui lèvera tous les
doutes.

« Le 10 novembre, l'eau de la rivière étant particulièrement sale, nous avons essayé d'employer les dégrossisseurs comme des filtres. Au lieu de les faire travailler
alternativement. nous les avons réunis et nous y avons
fait passer l'eau d'une manière continue. Pendant les pre-
mières heures. la clarification fut améliorée, mais bientôt
l'eau redevint trouble, et après 12 heures de fonctionnement continu, les appareils n'avaient plus aucune action
sur l'amélioration de l'eau. Que s'était-il passé ? Le coke
avait bien, au début, retenu les matières organiques,
mais l'air n'amenant plus sur ces matières de bactéries
oxydantes pour les détruire. l'eau continuait à passer sans
être en rien modifiée.

« Nous avons recherché si, en faisant passer l'eau successivement dans 2 dégrossisseurs ayant chacun ses alter-
nances d'immersion et d'aération, nous obtiendrions une
plus grande amélioration ; le résultat a été sensiblement
le même. Un jeu de 2 dégrossisseurs par bassin de sable
est donc suffisant.

« L'action de ce clarificateur à coke nous a paru d'une
efficacité remarquable. En temps ordinaire, l'eau, sortant
de cet appareil, traverse le filtre à sable, à raison de 15
à 20 mètres cubes par mètre carré, et se trouve alors
parfaitement transparente. L'ozone, intervenant ensuite,
la décolore et en fait une eau excellente, comme vous avez
pu vous en rendre compte vous-mêmes.

« Nous ne pouvons pas dire cependant que, lorsque

l'eau brute est fort trouble, les appareils la rendent d'une limpidité irréprochable. Tous les systèmes laissent à désirer dans de semblables conditions, et nous ne croyons guère ceux qui affirment que leurs procédés fournissent, toujours et par tous les temps, des eaux permettant la lecture d'un imprimé ordinaire, sous une épaisseur de 5 mètres. »

L'addition de ces dégrossisseurs biologiques nous fit modifier l'ensemble du bassin filtrant, en y adjoignant un nettoyage mécanique.

Le fond du bassin à sable fut muni d'une série de tuyaux perforés formant un appareil analogue aux agitateurs barboteurs utilisés dans certaines industries.

En envoyant dans cette grille un courant d'eau mélangé d'air comprimé obtenu par une trompe à vapeur on obtient des courants ascendants, ramenant à la surface toutes les matières déposées sur le filtre, et il est facile d'évacuer par un déversoir les eaux de lavage chargées des impuretés en suspension.

L'ensemble de l'appareil ainsi établi donna les meilleurs résultats pendant toute la durée des expériences, il ne cessa de fonctionner d'une manière très satisfaisante, assurant une production de 15 à 20 mètres cubes d'eau par mètre carré de surface clarifiante et par jour.

Cet appareil, dénommé clarificateur mécanique et industriel des eaux, a été breveté ainsi que le dégrossisseur biologique.

A la sortie des clarificateurs, les eaux sont soumises au traitement de l'ozone.

Voici comment M. Lhuillier apprécie les eaux clarifiées et ozonisées produites par l'usine de Chartres :

« L'eau ozonisée obtenue est agréable au goût, limpide ;
vue sous une épaisseur de cinq mètres, elle est d'une
belle couleur bleu verdâtre se rapprochant de la couleur
bleue des sources les plus pures.

« Elle ne renferme pas de germes nocifs, et peut soutenir la comparaison au triple point de vue de l'aspect,
du goût, et de la qualité, avec les eaux des environs réputées excellentes.

« Je ne crois pas qu'on puisse arriver à un résultat
plus parfait. La question de l'eau potable à Chartres me
semble donc dès aujourd'hui résolue. »

A la suite de ces expériences démonstratives, M. le D^r
Maunoury, au nom de la Commission, donnait à la
séance du 27 novembre 1905 lecture d'un nouveau rapport, résumant tous les résultats obtenus et terminait en
proposant la stérilisation par l'ozone après clarification
au moyen de clarificateurs rapides à nettoyage mécanique,
précédés de dégrossisseurs par oxydation biologique.

A la séance du 11 décembre 1905 M. Fresneau, conseiller municipal, soumettait le résumé et les conclusions
de l'examen des plans, devis, et détails d'exécution établis à l'appui du projet.

Le Conseil municipal, à l'unanimité, adoptait l'ensemble
du projet, et votait la création des ressources nécessaires
à son exécution.

Le dossier, approuvé par le Conseil municipal, fut, par
M. le Préfet d'Eure-et-Loir, transmis à la Commission
sanitaire du canton Nord, au nom de laquelle, M. le D^r

Bouchard, vice-président rapporteur, établit un rapport tendant à l'approbation complète du projet présenté par la municipalité.

Après avoir étudié le projet dans ses détails, et décrit le fonctionnement de l'usine de démonstration, M. le Dr Bouchard dit :

« Dans de semblables conditions, il ne peut guère y avoir d'hésitation sur l'avis à exprimer, on ne peut qu'accueillir favorablement le projet de la Municipalité chartraine, en lui adressant des remerciements pour le soin qu'elle a apporté à l'étude de cette importante question. »

Après l'avis de la Commission sanitaire, le Conseil départemental d'hygiène était appelé à se prononcer sur le projet.

Par son rapport du 3o mars 1906 le Conseil départemental d'hygiène se prononçait pour l'approbation du projet, qui fut ensuite soumis au Comité consultatif d'hygiène publique de France qui l'approuva après lecture du rapport établi par M. le Dr Brouardel.

Après l'accomplissement de toutes les formalités administratives les travaux furent commencés le 16 novembre 1906, et poursuivis sans interruption.

IV

DESCRIPTION DES USINES
DE CHARTRES

L'usine de clarification et de stérilisation des eaux de la Ville a été établie en agrandissement de l'usine élévatoire construite en 1875.

Les eaux sont prises dans la rivière d'Eure, par un canal aboutissant au sous-sol de l'usine élévatoire.

Elles subissent avant leur distribution un double traitement consistant :

1° En une clarification rapide qui a pour but de rendre l'eau claire et limpide ;

2° En une stérilisation, au moyen de l'air ozoné, laquelle a pour résultat de détruire tous les microbes infectieux.

Usine de clarification.

10. — La limpidité de l'eau est assurée par des

4

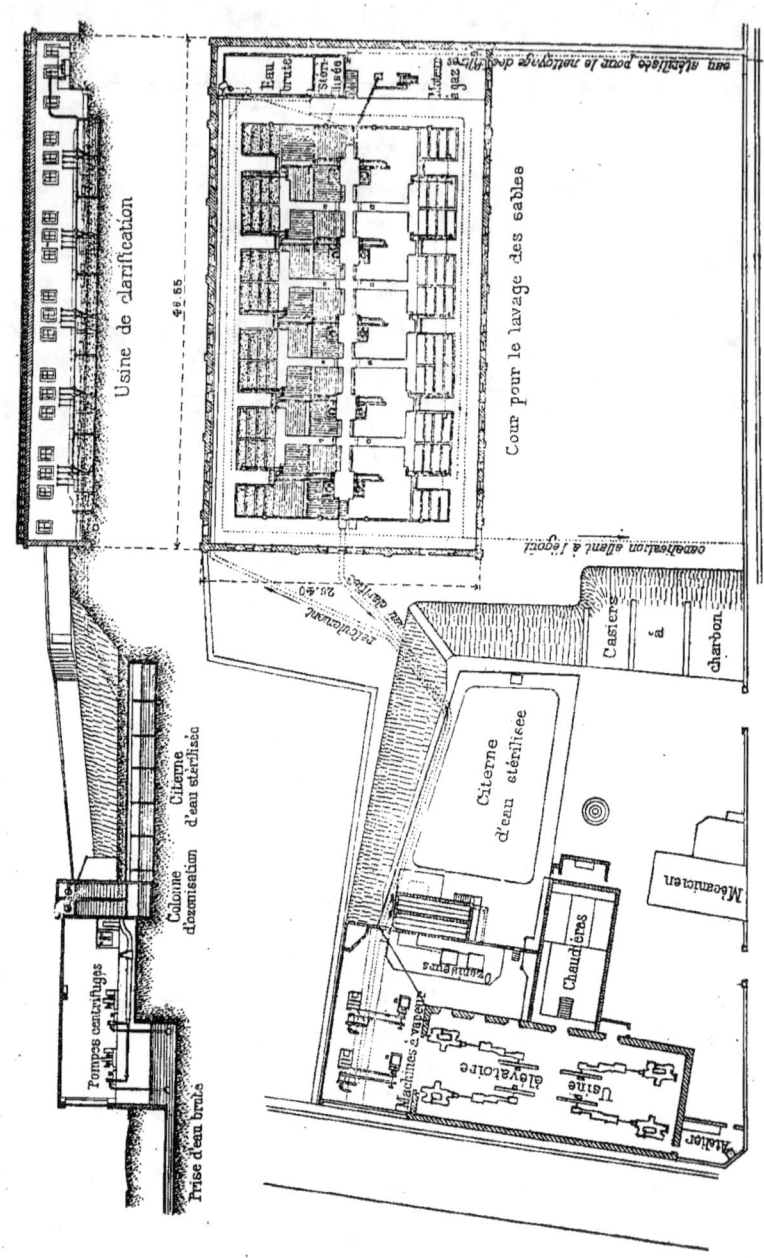

Usine de clarification

4ᵐ65

Cour pour le lavage des sables

Colonne d'ozonisation

Citerne d'eau stérilisée

Pompes centrifuges

Prise d'eau brute

Eau brute

Stérilisée

gaz

eau utilisée pour le nettoyage des filtres

2ᵐ40

Citerne d'eau stérilisée

Casiers à charbon

Mécanicien

Machines à vapeur

Usine élévatoire

Chaudières

Atelier

PLAN D'ENSEMBLE DE L'USINE HYDRAULIQUE DE CHARTRES.

(Cliché Barcouda)

USINE DE CLARIFICATION
Vue prise de la cour de l'usine électrique.

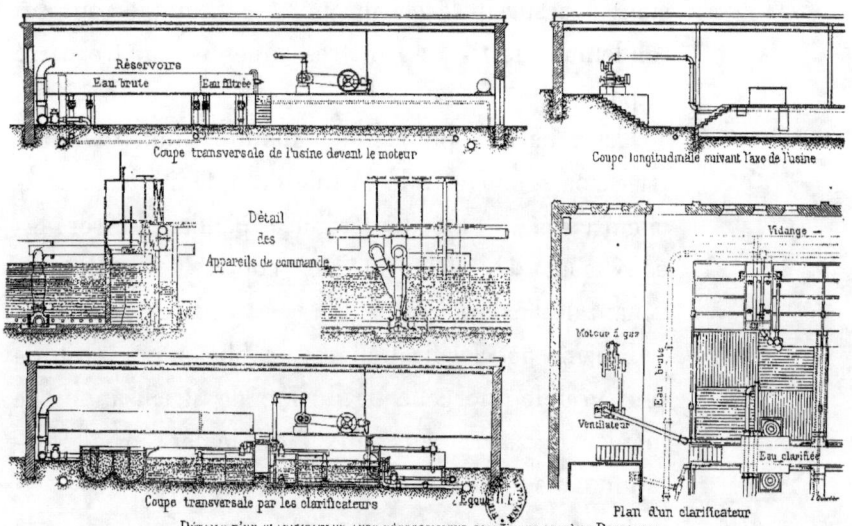

Coupe transversale de l'usine devant le moteur

Réservoirs
Eau brute   Eau filtrée

Coupe longitudinale suivant l'axe de l'usine

Détail
des
Appareils de commande

Vidange

Moteur à gaz

Eau brute

Ventilateur

Eau clarifiée

Coupe transversale par les clarificateurs

Plan d'un clarificateur

DÉTAILS D'UN CLARIFICATEUR AVEC DÉGROSSISSEUR BIOLOGIQUE SYSTÈME DESGORGES.

clarificateurs rapides à nettoyage mécanique, précédés de dégrossisseurs par oxydation biologique (système Desgorces).

Ces appareils ont obtenu le Grand Prix à l'Exposition franco-britannique, classe 111. Hygiène des villes (1908).

Ces clarificateurs arrêtent les matières en suspension, et assurent la clarification de l'eau, ils ont un rendement de 15 à 20 mètres cubes par mètre carré et par jour.

Ces appareils sont établis dans un bâtiment industriel clos et couvert, de manière à obtenir de la fraîcheur en été, et à éviter les gelées pendant l'hiver ; les eaux sont de plus protégées contre les pollutions venant de l'extérieur.

L'usine de clarification est établie à une altitude plus grande que celle de l'usine de stérilisation, de manière à assurer aux eaux l'écoulement par gravitation dans toutes les phases du traitement.

Les eaux brutes puisées à la cote 125,54, dans le canal établi en sous-sol sont refoulées à la cote 137,58 par une pompe centrifuge Farcot, dans un bassin établi au sommet de l'usine de clarification.

De ce bassin elles sont conduites aux dégrossisseurs par oxydation biologique.

L'usine comporte, pour chaque bassin clarificateur,

deux dégrossisseurs, ayant chacun une surface égale au cinquième de la surface du bassin clarificateur.

Chaque dégrossisseur est rempli de coke, que les eaux traversent avant de se rendre au clarificateur.

Le temps pendant lequel fonctionne chaque dégrossisseur par oxydation biologique varie de 1 heure à 4 heures ; cette durée est déterminée par l'état d'impureté de l'eau à traiter.

Pendant le fonctionnement du dégrossisseur en service, le second dégrossisseur se revivifie.

Pour obtenir cette revivification, le dégrossisseur est, après sa période de fonctionnement, complètement vidé au moyen de robinets de décharge établis à la partie basse, et conduisant à l'égout les eaux provenant de cette vidange. L'air pénètre alors entre les morceaux de coke, et les microbes (colonies aérobies) empruntent l'oxygène de l'air atmosphérique, pour oxyder les matières organiques retenues par les surfaces du coke.

Le temps consacré à cette oxydation est égal à celui pendant lequel le dégrossisseur est resté en fonction, soit de 1 heure à 4 heures.

Avant sa remise en fonction le dégrossisseur revivifié est rempli d'eau et aussitôt vidé, opération qui permet d'entraîner à l'égout les matières oxydées détachées du coke.

Après leur passage dans le dégrossisseur, les eaux sont reçues dans le bassin clarificateur, traversant les couches de matériaux dont ce clarificateur est garni. On trouve en allant de bas en haut :

0,14 de gros gravier passant à l'anneau de. . .	0,02
0,12 de gros gravier passant à l'anneau de. . .	0,01
0,14 de gravier passant à l'anneau de	0,005
0,10 de gravier plus fin à l'anneau de. . . .	0,003

et 0,50 de sable de rivière.

Soit au total 1,00 de matériaux soigneusement lavés, et formant la couche clarifiante.

Une nappe d'eau de 0,50 recouvre ces sables et graviers.

Le fond du bassin clarificateur cote 133,56 est garni d'une série de tuyaux disposés en croix, et placés horizontalement, ces tuyaux bouchés à leurs extrémités sont percés de trous de distance en distance.

Les eaux, après avoir traversé les couches clarifiantes, en laissant sur les couches supérieures, la plus grande partie des impuretés quelles contiennent, s'infiltrent par les orifices dans les tuyaux formant drains, pour être conduites, par ces tuyaux, à la chambre de réception des eaux clarifiées, elles en sortent à la cote 135,06.

La différence avec le niveau de l'eau dans les bassins est occasionnée par la perte de charge.

USINE DE CLARIFICATION. — Vue prise de la terrasse du moteur à gaz.   (Cliché Barconda)

Un régulateur automatique de débit, permettant de régler et de contrôler le débit du clarificateur, sert à déverser les eaux dans un collecteur qui les conduit au sommet d'une colonne de stérilisation, là elles sont mises en contact avec l'air ozoné, qui en assure la stérilisation, qui forme la deuxième partie du traitement.

Le bassin clarificateur reste en service pendant 23 heures et demie par jour.

Après ces 23 heures et demie, il est procédé au nettoyage mécanique du clarificateur, nettoyage ayant pour but de rejeter au dehors les impuretés retenues par les couches clarifiantes.

Si ces impuretés n'étaient pas enlevées, elles viendraient contribuer à la formation de la membrane feutrée, qui est la partie active et essentielle des filtres à sable ordinairement employés.

La formation de cette membrane, qui occasionnerait une diminution considérable du débit, sans être compensée par aucun avantage, est évitée de la manière suivante :

On ferme d'abord la vanne d'alimentation des dégrossisseurs et la vanne qui fait communiquer les tuyaux draineurs avec la chambre de réception des eaux clarifiées.

Le clarificateur à ce moment est donc isolé. Une

circulation d'air sous pression, produit par un ventilateur actionné par un moteur à gaz, est alors établi
dans les tuyaux draineurs.

L'air ainsi refoulé dans les tuyaux garnissant le
fond du clarificateur s'en échappe tumultueusement
par les• mêmes orifices qui pendant la clarification
recueillaient les eaux épurées, et remonte au travers
des couches clarifiantes, en même temps qu'une certaine quantité d'eau préalablement clarifiée et stérilisée
et provenant d'un bac spécialement destiné à cet usage.

L'air refoulé produit un déplacement des graviers
et sables, qui sont en même temps lavés de bas en haut
par l'eau en circulation, l'air et l'eau sont convena-
blement mélangés dans une pièce spéciale placée au
centre du clarificateur.

Cette eau entraîne avec elle les matières retenues
par les couches supérieures du sable, et ces matières
sont, par la soufflerie d'air, maintenues à la surface
supérieure de l'eau.

A ce moment les deux dégrossisseurs précédant le
clarificateur sont mis simultanément en fonction,
deux canaux longeant les parois du bassin clarificateur
conduisent les eaux provenant des deux dégrossisseurs, à l'extrémité opposée du clarificateur. Elles
doivent ainsi pour revenir à leur point d'évacuation,
placé entre les deux dégrossisseurs, traverser complè-

tement la surface du clarificateur, entraînant avec elles les matières étrangères que la soufflerie d'air, et l'eau en circulation maintiennent à la surface supérieure de la nappe. Ces eaux de lavage sont reçues dans une bâche établie à la naissance de l'égout.

Le temps nécessaire au lavage des graviers et sables, y compris toutes manœuvres de robinets, est de 20 à 25 minutes ; la consommation d'eau est de 15 mètres cubes pour le lavage d'un clarificateur produisant 600 mètres cubes par 23 heures et demie.

Après le lavage qui nettoie complètement les matériaux sans modifier leurs positions respectives, le bassin clarificateur est à nouveau remis en service.

La production de ces bassins est en marche normale de 15 mètres cubes d'eau par mètre superficiel de couche clarifiante et par 23 heures et demie de marche.

Les eaux traitées subissent, au point de vue de la transparence, une amélioration qui, d'après l'état d'impureté de l'eau de la rivière, varie de 50 à 85 pour 100.

Cette amélioration est mesurée au moyen d'un appareil imaginé spécialement et constitué par trois tubes de 1 mètre de long, fermés par des disques de verre, et placés verticalement au-dessus d'un écran de lave blanche incliné à 45 degrés.

On les remplit des eaux à comparer, puis manœu-
vrant un robinet de décharge placé sur chaque tube,
on vide lentement le tube contenant l'eau la plus
trouble, jusqu'à ce que deux tubes voisins présentent
la même facilité de vision.

Il est alors facile de définir le rapport de limpidité
des eaux observées, par le rapport des longueurs des
colonnes d'eau.

Pour comparer les observations faites à des époques
différentes on peut créer une sorte d'étalon contenant
par exemple de l'eau distillée et saturée d'air dans un
tube propre et parfaitement clos.

L'amélioration de transparence est assurée dans la
proportion de 1/3 par les dégrossisseurs et de 2/3
par les clarificateurs.

En plus de l'amélioration au point de vue aspect,
les eaux traitées par l'appareil clarificateur voient, au
point de vue bactériologique, leur teneur en colonies
microbiennes baisser de 80 pour 100 (analyse faite
par M. le Dr Roux, et reproduite ci-après).

Stérilisation de l'eau par l'ozone.

11. — Les eaux sortant de l'usine de clarification
à la cote 134,05 sont conduites au sommet de la co-

USINE ÉLÉVATOIRE ET USINE D'ÉLECTRICITÉ.   (Cliché Barcouda)

Vue prise de la cour de l'usine de clarification.

Usine élévatoire. — Vue prise des machines Farcot.   (Cliché Barcouda)

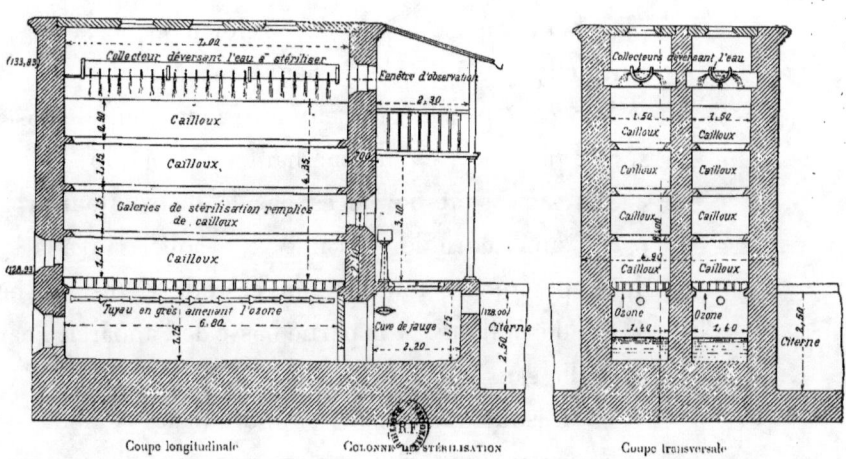

Coupe longitudinale   COLONNE DE STÉRILISATION   Coupe transversale

lonne de stérilisation, où elles sont reçues dans des rigoles distributrices à la cote 133,94.

La colonne où la stérilisation s'accomplit par le contact de l'eau avec l'air ozoné est composée de deux compartiments ayant chacun 7 mètres de longueur et 1^m,50 de largeur, et fermés par 4 murs verticaux.

A la partie basse de cette colonne est établi un plancher composé de poutres en ciment armé, séparées entre elles par un vide de deux centimètres.

Des cailloux de grosseur moyenne sont disposés sur ce plancher, et sur une hauteur de 4^m,35.

Les eaux sont déversées par le distributeur à la partie supérieure de ces cailloux, et, obéissant à la loi de la pesanteur, tombent en cascade à travers les 4^m,35 de cailloux. A la partie basse de l'appareil l'eau ruisselle sans aucune force vive.

Le dessous du plancher supportant les cailloux est occupé par un tuyau perforé amenant l'air ozoné produit par l'usine d'électricité.

La teneur en ozone de cet air est d'au moins 5 milligrammes par litre ; cet air remonte entre les cailloux dont la colonne est garnie et stérilise l'eau qui descend en sens inverse.

A la sortie du tuyau perforé, l'air ozoné ayant son maximum de concentration rencontre les eaux qui,

Usine d'électricité. — Les machines Delaunay-Belleville. Les pompes centrifuges. Les alternateurs.　　　(Cliché Barcouda)

après avoir circulé entre les $4^m,35$ de cailloux, présentent le minimum d'impuretés ; l'air ozoné continuant son ascension voit son pouvoir stérilisateur s'épuiser au fur et à mesure de sa montée.

L'utilisation de l'ozone est donc parfaitement méthodique et la hauteur de $4^m,35$ donnée à la partie de la colonne remplie de cailloux a été donnée, pour que l'air sortant de la colonne ne renferme presque plus de trace d'ozone.

Les eaux complètement stérilisées ressortent de la colonne par un déversoir établi à la cote 128,18.

Elles sont reçues dans une cuve de jauge qui permet de se rendre compte de la quantité d'eau traitée par heure ; elles se déversent ensuite dans un réservoir souterrain d'une capacité de 700 mètres cubes.

Ce réservoir souterrain forme régulateur, entre la production de l'usine qui est constante, et les besoins de la ville qui eux varient avec chaque heure de la journée.

Les machines élévatoires viennent puiser dans ce réservoir l'eau stérile pour la refouler aux réservoirs de distribution.

Usine de préparation de l'air ozoné.

12. — La production de l'air ozoné nécessaire à la

stérilisation est assurée par une usine d'électricité
établie dans l'usine élévatoire des eaux.

Elle comprend deux groupes en tous points semblables, mais dont un seul est en fonction, l'autre
restant en réserve.

Chacun d'eux comprend une machine à vapeur ver-
ticale, système Compound à grande vitesse (410 tours)
sortant des ateliers Delaunay-Belleville, et capable de
produire une force de 40 chevaux-vapeur.

Cette machine actionne la pompe centrifuge ali-
mentaire Farcot, qui prend l'eau brute dans le bassin
de puisage, pour l'élever au sommet de l'usine de
clarification ; elle actionne en même temps un alternateur produisant du courant électrique à la tension
de 140 volts 500 périodes, et tournant à 1 500 tours
par minute.

Cet alternateur est accouplé à une machine dynamo
à courant continu, fournissant l'énergie nécessaire à
l'excitation de l'alternateur, au fonctionnement d'une
lampe témoin et d'un moteur électrique.

Les courants produits pour l'alternateur et la dynamo sont enregistrés au tableau de distribution
garni des ampèremètres, et voltmètres utiles, ainsi
que des commutateurs et rhéostats nécessaires.

Le courant alternatif produit par l'alternateur est,
après passage au tableau, reçu par un transformateur

USINE D'ÉLECTRICITÉ. — Les ozoneurs. — Le tableau.   (Cliché Barcouda)

qui porte sa force électro-motrice à 1 500 volts environ.

De ce transformateur, le courant est réparti dans les cages d'ozoneurs.

L'ozoneur est composé d'une cage partie métallique, et partie vitrée, hermétiquement close, dans laquelle sont logés cinq éléments producteurs d'ozone.

Chacun de ces éléments est composé de 3 plateaux creux, en fonte, constituant les électrodes, soit une électrode positive, bien suspendue et isolée, placée entre deux électrodes négatives.

Les deux faces de l'électrode positive, et les faces internes des électrodes négatives, ont été parfaitement dressées, et sur ces faces planes sont posées des plaques de verre garnies d'une feuille d'étain sur la face en contact avec l'électrode.

Les plaques de verre posées sur les faces des électrodes négatives sont, à leur partie centrale, percées d'un trou d'un centimètre de diamètre.

Elles sont séparées par des plaques posées sur les faces de l'électrode positive par un vide de trois millimètres.

Les électrodes positives, recevant le courant de 15 000 volts, sont refroidies par une circulation d'eau qui assure une production meilleure de l'ozone.

Les eaux de refroidissement des électrodes à haute

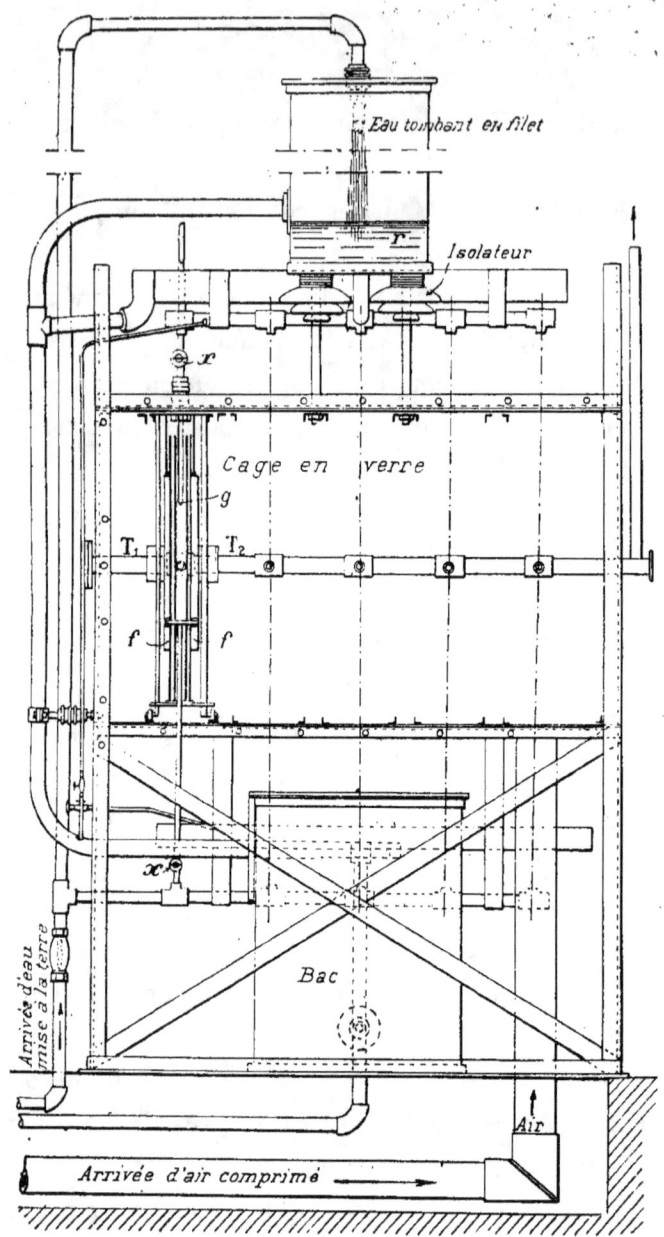

Ozoneur. — Coupe longitudinale.

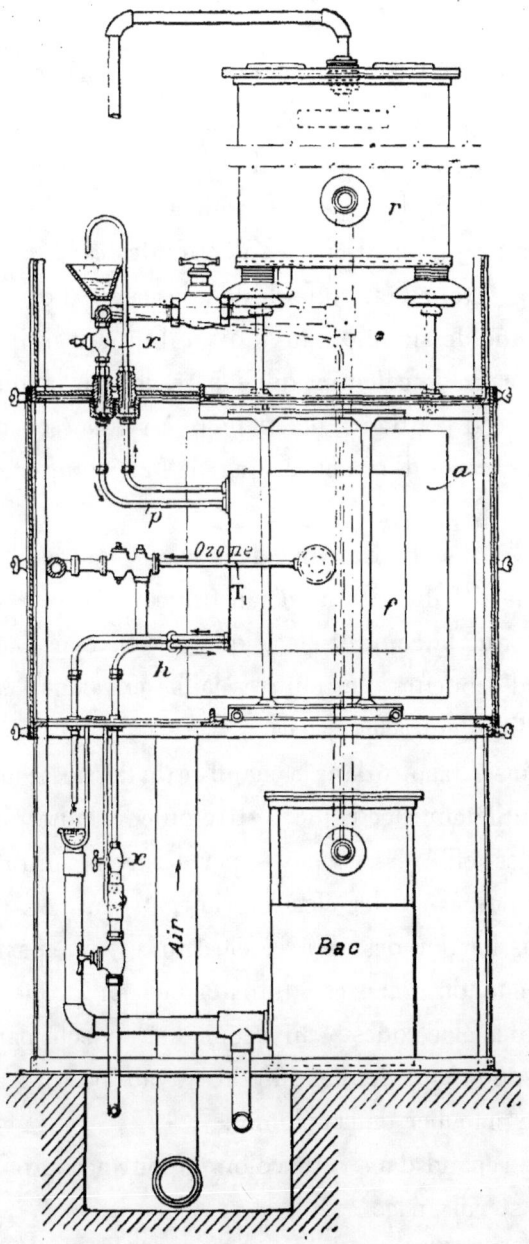

OZONEUR. — Coupe transversale.

5

tension sont, à leur entrée dans la cage comme à leur sortie, divisées en pluie, de manière à empêcher le courant d'eau de devenir conducteur, et à éviter toute déperdition d'électricité en dehors des cages.

L'air, avant d'être refoulé dans les cages d'ozoneurs, subit une dessiccation au moyen d'un appareil garni de chlorure de calcium, qui sépare de l'air la quantité d'eau qu'il contient, de manière à ne laisser entrer dans les cages d'ozoneurs, que de l'air complètement sec.

Le volume d'air envoyé dans les ozoneurs est d'environ le 1/3 du volume d'eau traitée.

Lorsque le courant électrique est envoyé dans les cages d'ozoneurs, les effluves jaillissent dans l'espace laissé libre entre les glaces.

L'air sec, aspiré dans la chambre du dessiccateur par un ventilateur électrique, est refoulé ensuite au travers des effluves, et passe par le trou central des glaces posées sur les électrodes négatives.

Sous l'action des effluves électriques, une partie de l'oxygène de l'air est transformée en ozone ; au sortir des électrodes, l'air ozoné est collecté par une canalisation qui le conduit au tuyau perforé établi sous le plancher de la colonne.

Il se répand dans cette colonne pour accomplir son œuvre stérilisatrice.

Les appareils électriques composant cette partie de l'usine sortent des ateliers de la Société l'Éclairage électrique, à Paris.

De nombreux appareils de contrôle, établis par la maison Richard frères, permettent de vérifier à chaque instant le fonctionnement des appareils ; voltmètres et ampèremètres indiquent la production et l'intensité des courants électriques.

Un compteur enregistreur de débit d'air, placé sur la conduite d'amenée d'air sec aux ozoneurs, fait connaître à chaque moment la quantité d'air refoulé dans les ozoneurs ; des indicateurs de débit permettent aussi d'apprécier la quantité d'air ozoné sortant des cages d'ozoneurs.

Un hygromètre soumis à l'action de l'air extérieur, et un hygromètre placé sur la canalisation d'air desséché, permettent, par différence, d'évaluer le travail effectué par le dessiccateur.

Enfin sur le tableau de distribution, un indicateur enregistreur fait connaître à chaque instant la production de l'usine en eau stérile.

Un tube de Pitot indique la quantité d'eau envoyée à l'usine de clarification, et un robinet-vanne, posé sur le tuyau de refoulement des pompes centrifuges, permet de réduire la section du tuyau de refoulement des eaux brutes, de manière à n'élever dans l'usine de clarification qu'une quantité d'eau en rapport avec la production de l'usine de stérilisation.

Un laboratoire muni des appareils et instruments utiles est installé dans l'usine.

On peut ainsi se rendre compte, par de fréquentes analyses comme aussi par de fréquents mesurages, de la concentration en ozone, du fonctionnement des appareils, et du degré d'épuration des eaux.

V

RÉSULTATS

L'eau pure.

13. — La totalité des eaux distribuées à Chartres
est soumise au traitement combiné des clarificateurs,
et de la stérilisation par l'ozone.

Elles ressortent de l'usine complètement claires et
limpides, sans saveur et sans odeur, et dépourvues
des colonies microbiennes, et du bacille coli, qui
souillent si souvent les eaux d'alimentation de la plupart des villes.

L'eau obtenue est donc plus saine que l'eau des
sources les plus pures.

Sa production occasionne seulement une dépense
inférieure à 2 centimes par mètre cube.

Pour constater l'efficacité de ces traitements, M. le
Dr Roux, directeur de l'Institut Pasteur à Paris, M. le

Dr Binot, chef du laboratoire de l'Institut Pasteur de
Paris, auditeur au Conseil d'hygiène publique de
France, et M. Bonjean, chef du laboratoire, et auditeur
au Conseil supérieur d'hygiène publique de France,
ont procédé le 26 juillet 1908, à des dosages d'ozone,
et à l'analyse bactériologique des eaux de Chartres, et
déposé le 13 août 1908 le rapport reproduit textuelle-
ment.

Observations générales (1).

Au moment de l'arrivée de la Commission à l'usine
le dimanche 26 juillet, vers 10 heures du matin, les
appareils sont en marche ; ils ont été maintenus en
fonctionnement pendant toute la journée. Les dosages
de l'ozone et l'analyse bactériologique ont été prati-
qués à plusieurs reprises.

Dégrossissage et Clarification.

· Avant d'être envoyée dans les tours d'ozonisation,
l'eau de l'Eure subit une filtration rapide préalable.
Bien qu'elle n'ait pas à se prononcer sur cette partie du

(1) *Rapport sur la stérilisation de l'eau de la rivière d'Eure à l'usine de
Chartres, au moyen de l'ozone, d'après les procédés* OTTO, MARMIER *et* ABRA-
HAM, *au nom d'une Commission composée de :* M. le Dr ROUX, M. le Dr BINOT
et M. BONJEAN (M. le Dr ROUX, *rapporteur*).

traitement de l'eau, la Commission déclare qu'elle a été fort intéressée par le dégrossissage sur coke, puis sur filtre à sable. Cette installation lui a paru agencée d'une façon remarquablement ingénieuse et pratique ; d'ailleurs les analyses bactériologiques que l'on trouvera plus loin montrent qu'elle fonctionne d'une façon fort satisfaisante.

Dosage de l'ozone.

Le courant électrique est fourni par un alternateur, courant monophasé à 500 périodes, 140 volts.

Ce courant est élevé à 15 000 volts environ par un transformateur, puis envoyé dans l'ozoneur à diélectrique.

Des appareils de mesure disposés sur un tableau permettent de relever les données relatives au courant électrique.

Le débit d'air est évalué par le procédé au diaphragme.

Le débit de l'eau est enregistré d'après le niveau maintenu dans une citerne de 322 mètres superficiels, pouvant contenir 700 mètres cubes.

Expériences du Contrôle du 26 Juillet 1908.

INDICATION DE L'HEURE des prélèvements	INDICATIONS du voltmètre à l'alternateur	INDICATIONS DE L'AMPÈREMÈTRE	KILOGS-VOLTS-AMPÈRES	KILOGS-WATTS	DÉBIT D'AIR OZONÉ à l'heure	DÉBIT D'EAU À L'HEURE	DOSAGE DE L'OZONE SUR 10 LITRES d'air ozoné		D'OÙ L'ON DÉDUIT	
							Poids d'ozone par litre d'air	Poids d'ozone par mètre cube d'air	Volume d'air ozoné par mètre cube d'eau	Poids d'ozone par mètre cube d'eau
			kwa	kwa	m³	m³	mgr	gr	litres	gr
11 h. 25 matin. . .	188	103	19,364	9,200	56,535	152	6,8	6,8	371	2,522
11 h. 55 — . .	187	103			56,535	152	5,9	5,9	371	2,189
2 h. 41 soir.. . .	184	100			56,535	152	6,04	6,04	371	2,240
3 h. 15 —.. . .	187	102			56,535	152	6,148	6,148	371	2,280

La concentration en ozone de l'air ozoné a donc varié de
$5^{mgr},9$ *à* $6^{mgr},8$ *par litre, pendant une période de 4 heures.*
Le poids d'ozone par mètre cube a varié de $2^{gr},189$ *à* $2^{gr},522$.

La température de l'eau à l'état brut 19°,5 est
restée sensiblement la même après le traitement par
les filtres 19°,8, et à la sortie de la tour d'ozonisation
19°,6, La température atmosphérique était de 25°.

Conclusion.

**Les dosages ci-dessus montrent que la teneur de
l'air en ozone a été supérieure à celle qui est exigée
par le cahier des charges (5 milligrammes) pendant
tout le temps de l'examen de la Commission.**

ANALYSE BACTÉRIOLOGIQUE.

Eau brute de la rivière d'Eure.

Le 26 juillet on prélève successivement, vers 3
heures de l'après-midi, 2 échantillons d'eau de la rivière
d'Eure, température 19°,5 ; ils sont aussitôt placés
dans de la glace et rapportés à Paris, où chacun d'eux
est ensemencé dans de la gélose-gélatine en deux séries
de grandes boîtes de Roux.

6 boîtes reçoivent chacune 1/100 de centimètre cube,
6 boîtes — — 1/1000 — —

*Moyenne des bactéries par centimètre cube d'eau brute.
16000 bactéries.*

Des bactéries liquéfiantes développées sur les boîtes
au 1/100 n'ont pas permis de conserver celles-ci pendant quinze jours.

Eau clarifiée par les filtres à sable.

On prélève dans l'après-midi, vers 3 heures un
quart, deux échantillons au robinet de la colonne qui
amène l'eau à la tour d'ozonisation, température de
l'eau clarifiée 19",5 ; ces échantillons sont rapportés à
Paris dans de la glace. Chacun d'eux est ensemencé
en gélose-gélatine, en deux séries de grandes boîtes
de Roux.

6 boîtes reçoivent chacune 1/100 de centimètre cube d'eau.
6 boîtes — — 1/1000 — —

*Moyenne des bactéries par centimètre cube d'eau : 3000
bactéries.*

*Il y a donc cinq fois moins de bactéries dans l'eau filtrée
que dans l'eau brute.*

Recherche du bactérium coli dans l'eau brute
et dans l'eau clarifiée.

Les échantillons d'eau recueillis servent à ensemencer immédiatement en milieux phéniqués, 4 flacons contenant chacun :

Peptone Martin : 40 centimètres cubes ;
Eau phéniquée à 5 pour 100 : 2 centimètres cubes.

Ces flacons reçoivent chacun 60 centimètres cubes d'eau, deux sont ensemencés avec de l'eau brute, deux avec de l'eau clarifiée.

Le lendemain, 27 juillet, trouble intense dans les quatre flacons, réaction de l'indol. Réensemencement de chaque échantillon en milieu phéniqué ; on en isole facilement le bactérium coli en culture pure et avec tous ses caractères typiques.

L'eau brute et l'eau clarifiée contiennent donc du bactérium coli.

Analyse bactériologique de l'eau ozonée.

PREMIÈRE ANALYSE. — Le 26 juillet, vers 11 heures, on recueille de l'eau ozonée dans le jet du trop-plein du bassin situé sous la tour d'ozonisation.

Ensemencement en bouillon. — Des tubes de bouillon sont ensemencés de suite avec cette eau.

Quantité d'eau par tube.	Nombre de tubes ensemencés.	Tubes ayant cultivé au bout de :				
		24 h.	48 h.	3 j.	4 j.	15 j.
1/10 de cmc.	10	o	o	o	o	o
1 cmc.	8	o	3	4	4	4
2 cmc.	6	1	4	4	4	4
5 cmc.	4	2	4	4	4	4

Les espèces microbiennes développées sont : bacillus subtilis et bacillus mesentericus. Il n'a poussé qu'une espèce microbienne par tube.

Donc 41 centimètres cubes d'eau ozonée ensemencée en bouillon ne contenaient que des bactéries sporulées en petit nombre et non pathogènes.

Numération des germes. — Six grandes boîtes de Roux contenant de la gélose-gélatine reçoivent chacune 1 centimètre cube d'eau ozonée.

Après quinze jours il s'est développé deux colonies de bacillus mesentericus.

Donc 6 centimètres cubes d'eau ozonée n'ont donné sur gélose-gélatine que deux colonies de bactéries sporulées et non pathogènes.

Deuxième analyse. — Vers trois heures de l'après-midi on recueille de l'eau ozonée dans le jet du trop-plein du bassin situé sous la tour d'ozonisation.

Des tubes de bouillon sont ensemencés immédiatement avec cette eau.

Quantité d'eau par tube.	Nombre de tubes ensemencés.	Tubes ayant cultivé au bout de :				
		24 h.	48 h.	3 j.	4 j.	15 j.
1/10 de cmc.	10	o	o	o	o	o
1 cmc.	10	2	4	4	4	4
2 cmc.	6	3	5	5	5	5
5 cmc.	5	2	5	5	5	5

Les espèces microbiennes développées sont : bacillus subtilis et bacillus mesentericus. Il n'a poussé
qu'une espèce microbienne dans chaque tube.

Donc 48 centimètres cubes d'eau ozonée ensemencée en
bouillon ne contenaient que des bactéries sporulées en petit
nombre, et non pathogènes.

Numération des germes. — Six grandes boîtes de
Roux, contenant de la gélose-gélatine, reçoivent chacune 1 centimètre cube d'eau ozonée.

Après quinze jours, il s'est développé quatre colonies de bacillus subtilis.

Donc 6 centimètres cubes d'eau ozonée n'ont donné sur
gélose-gélatine, que quatre colonies de bactéries sporulées et
non pathogènes.

Recherche du bactérium coli dans l'eau ozonée.

En ensemençant 120 centimètres cubes d'eau ozo-

née en solution de peptone phéniquée, on n'a pu isoler
de bactérium coli.

*Donc l'eau ozonée ne contient ni bactérium coli ni aucune
autre bactérie non sporulée.*

Conclusions générales.

En résumé, l'eau ozonée contient moins d'une
bactérie par centimètre cube. Elle ne renferme
aucune bactérie pathogène. Celles qu'on y trouve
appartiennent à des espèces inoffensives et munies
de spores très résistantes.

Les conditions du cahier des charges sont ample-
ment satisfaites.

Paris, 13 août 1908.

Signé : Dʳ Roux.

Le 24 septembre 1908, M. Guéguen, docteur
ès ciences, professeur agrégé à l'École supérieure de
pharmacie de l'Université de Paris, procédait également à des expériences, au sujet desquelles il s'exprime
ainsi, dans les conclusions générales de son rapport.
« Dans son passage à l'usine, l'eau de la rivière subit,

lors de la clarification, un important appauvrissement
en bactéries (dans la proportion de 15 à 2, 5 environ).
« L'ozonisation la prive ensuite *totalement* de bactéries
pathogènes, et en réduit la teneur microbienne à
quatre germes, par dix centimètres cubes (bacillus
subtilis sporulents et non pathogènes). Le coli
bacille ne se retrouve plus dans l'eau ozonisée. »

Des analyses d'eau puisée à divers appareils de distribution en ville ont été faites par les soins du laboratoire départemental, sous la direction de M. Garola,
ont démontré que l'eau distribuée réunit les meilleures conditions de potabilité.

L'usine a été visitée par de nombreux hygiénistes,
ingénieurs, et par des délégations de municipalités.
Tous ont exprimé leur complète satisfaction, au sujet
de cette installation.

La 6ᵉ Commission du Conseil municipal de Paris,
sous la présidence de M. Paris, et assistée de M.
Colmet Daàge, Ingénieur en chef du service des eaux
de Paris, s'est rendue à Chartres pour visiter l'usine.

M. le Président Paris a, dans les termes ci-dessous,
exprimé l'impression de la Commission :

La 6ᵉ Commission du Conseil municipal de Paris, en
visite à Chartres, à l'usine municipale d'ozonisation,
félicite les initiateurs de cette œuvre de première impor-

tance, et emporte de cette visite un enseignement précieux
dont elle tirera profit.

Signé : L. Paris, Président de la 6ᵉ Commission ;
Colmet-Daage, ingénieur en chef du service des eaux de
la Ville de Paris.

L'usine a été décrite dans plusieurs revues et
publications scientifiques, elle a fait l'objet d'une
communication à la Société des Ingénieurs Civils de
France.

Enfin le 22 décembre 1908, M. Chéron, sous-
secrétaire d'État au ministère de la Guerre, s'est
rendu à Chartres et, au cours de la visite qu'il fit à
l'usine des eaux, prescrivit à l'autorité militaire de
procéder aux analyses des eaux traitées.

M. le Dʳ Fradet, médecin chef des salles mili-
taires de l'hôpital mixte de Chartres, procéda les
29 décembre 1908 et 12 janvier 1909, à des prélè-
vements d'échantillons qui, par ses soins, furent
adressés au *Laboratoire militaire du Val-de-Grâce*,
pour y faire l'objet d'analyses bactériologiques. Ces
analyses, faites par M. le médecin principal Vincent
et par M. le médecin chef Mignon, ont donné les
résultats consignés aux comptes rendus des 8 et 10
février 1909 résumés au tableau ci-contre

	EAU BRUTE		EAU CLARIFIÉE		EAU STÉRILISÉE AU DÉPART DE L'USINE		EAU STÉRILE	
	29 décembre (1)	12 janvier (2)	29 décembre	12 janvier	29 décembre	12 janvier	PRISE A LA BORNE-FONTAINE place Nicolet le 29 décembre (3)	PRISE AU ROBINET des cuisines du quartier Rapp le 12 janvier (4)
Température atmosphérique..	− 7°	+ 7°	»	»	»	»	»	»
Température de l'eau. . . .	+ 3°	+ 4°5	»	»	»	»	»	»
Colonies indifférentes par cent. c.	2897	4196	815	1633	96	58	115	72
Odeur	Absence	(Un peu nauséabonde)	Absence	Absence	Absence	Absence	Absence	Absence
Germes de putréfaction. . .	Absence	Absence	Absence	Absence	Absence	Absence	Absence	Absence
Recherche du coli-bacille dans 150 centimètres cubes. . .	Absence	37	Absence	2,25	Absence	Absence	Absence	Absence
Qualité de l'eau analysée.. .	Passable	Mauvaise	Bonne	Médiocre	Très bonne	Très bonne	Très bonne	Très bonne

(1) Des pluies persistantes depuis plusieurs semaines ont augmenté et troublé le cours de l'Eure.
(2) Des pluies abondantes et des fontes de neige ont augmenté le niveau de la rivière : les eaux sont boueuses.
(3) Pour arriver à cette borne-fontaine, l'eau a traversé les réservoirs et circulé dans 1 400 mètres de canalisation.
(4) Pour arriver à la caserne située dans la partie basse de la ville, l'eau a traversé *deux réservoirs* et une longueur de tuyaux de *plus de 2 kilomètres.*

Les Initiatives.

14. — Pendant de nombreuses années, la question des eaux a fait l'objet de discussions au sein du Conseil municipal de Chartres ; elle a été envisagée sous bien des formes différentes.

Sa solution est due à la collaboration de tous, et la population chartraine doit être reconnaissante à tous les membres des commissions qui se sont succédé pour en poursuivre l'étude. MM. Delacroix père, Boutet, Lefebvre, Mouton père, Bourgeois père, Bourgeois Henri, Béthouart. Doullay, Gilbert, Fresneau et Lavo, se sont largement dépensés pour en assurer la réalisation, mais elle est due surtout à l'initiative de M. Fessard, sénateur d'Eure-et-Loir, maire de Chartres, et de M. le Dr Maunoury. le si autorisé rapporteur des commissions depuis l'année 1893.

L'usine a été mise en service le 16 mai 1908, et depuis n'a donné que d'excellents résultats.

Les travaux ont été exécutés par la maison Flicoteaux, Borne et Boutet à Paris, pour les ciments et les canalisations de l'ensemble de l'usine.

Les installations pour la stérilisation par l'ozone ont été faites par la Compagnie générale de l'Ozone,

Paris, exploitant les brevets Otto, Marmier et Abraham.

Enfin tous les autres travaux, maçonnerie, charpente, serrurerie, etc., ont été faits par les entrepreneurs ordinaires de la Ville.

En terminant, je dois adresser ici mes sincères remerciements à la Municipalité, à la Commission des Eaux, et au Conseil municipal tout entier, pour la confiance dont ils m'ont honoré en me chargeant de l'étude et de l'exécution de ces importants travaux.

La tâche m'a été rendue facile par cette confiance, comme aussi par le dévouement constant que tous, entrepreneurs, ingénieurs, mécaniciens, personnel de l'usine et ouvriers de toutes professions n'ont cessé de manifester pour la réussite de cette entreprise.

CHARTRES. — IMPRIMERIE DURAND, RUE FULBERT.

IMPRIMERIE DURAND

Chartres.

www.ingramcontent.com/pod-product-compliance
Lightning Source LLC
Chambersburg PA
CBHW060841250626
47162CB00005B/2136